漫娱图书

Butterfly effect

The beautiful butterfly in my life.

"扇动"悖论

Butterfly effect

唐棠·编著

长江出版社 CHANGJIANGPRESS 漫娱图书

一个心中有愧一个心里有

鬼，都是缺乏勇气的胆小鬼。

Butterfly effect

"心动"悖论

Butterfly effect

我好像总是在错过，却又总是在惦记。就比如现在，在二十七岁的夜晚突然想起十七岁的我，还没有把那只萤火虫送给她。

"心动"悖论

"心动"\悖论

没有音乐和观众，明月当空，水被照得波光粼粼，她们在这方漂浮在海面的钢铁大陆上舞蹈，万物成歌。

目录
Contents

Butterfly effect

倘若萤火虫会说话，它应该知道……

The beautiful butterfly in my life.

Butterfly effect

＊ XIN/DONG/BEI/LUN

倘若萤火虫会说话

温柔包容小太阳
×

CHAPTER 01 自卑敏感孤独少女

倘若萤火虫会说话

文 / 檐中

为了我们的相见，干杯！

Butterfly effect

01

一只蝴蝶一生会遇见多少花？

辛回妍很多时候都会想到这个没有答案的问题，就比如现在，她站在大雾中拢起双手凑在嘴边哈气取暖时，又想起了这个问题。

白气从唇边哈出，又顷刻从手心反扑回她的眼镜片上，她的视线内白茫茫一片，眼皮重得几乎要耷拉下去，于是她眨眨眼睛，立即有细碎晨露簌簌落在手心，她朝着掌心吹口气，不知将它们吹去了哪。

严宁还没来，她总是习惯踩着点去学校，有好几回辛回妍的生物钟都在提醒自己要迟到了，严宁才姗姗来迟。辛回妍下意识抬起手腕看时间，已经六点五十了，比昨天还晚了三分钟。她开始焦灼起来，思维甚至发散到她们已经迟到，被班主任罚站到下早预备。罚站好难堪，仿佛整个教室的人都在注视着她的一举一动，羞耻感从脚底冲上头顶，辛回妍身临其境，她抬起脚，几乎要离开这个地方。

但严宁还没来。

抬起的脚又放回原地，有那么一瞬间辛回妍觉得，如果是和严宁一起迟到，一起被老师罚站也不是不行，她就坐在严宁的后桌，站起来的时候肯定可以看到她的很多小动作，她会忽然把一只手插进衣兜、会用食指慢慢卷起书角、会轮换着两只脚踩在凳子的横枨上——

大约是两人过分熟悉，严宁的每一个动作在她脑中都那么鲜明。

"小狸花！"

远远地有人在喊她，她知道那是严宁，因此神色在刹那间欣喜起来："严宁！"

严宁像一阵风一样跑到辛回妍身边，她跑得太急，停住的时候差点打个趔趄，辛回妍急忙伸手扶住她。隔着厚重的棉服，顺着这一点微薄的接触，辛回妍好似感受到严宁心跳的律动，扑通扑通。

严宁弯着腰大口喘气，好不容易喘匀气，她直起腰想和辛回妍说话，话才说一个字，唇边翻滚的白雾就扑了辛回妍一脸，这一刻，她们像刻意停驻在这个大雾天，交换着彼此的呼吸。

辛回妍怔在原地，心思不知飘荡去了哪儿，严宁本来还有些歉意，见此状没忍住笑出声，她抬起手，用袖子擦干净辛回妍眼镜上的雾气："对不起我不是故意的，但是你这个样子好呆啊。"

大抵是因为奔跑，她身上散发着一阵暖意，这点暖意在凛冬微不足道，却成为辛回妍贴近她的最好理由。她们紧紧地挨在一起，走过还未睡醒的街道，这条街她们一起走过一个月，街上每一个店铺辛回妍都记得滚瓜烂熟。

她很快意识到一个问题，试探着开口："我下个学期就不住小姨家了。"

辛回妍的小姨是中医，和辛回妍妈妈关系很好，因此在听说辛回妍压力太大导致身体不舒服时，她欣然同意让辛回妍这个学期住在她家调理，辛回妍猜想她同意的真正原因是学校快要放寒假了，也住不了几天——她和小姨并不亲近。

似乎天性如此，她和谁都不亲近，对爸妈如此，对同学也是如此，唯有严宁是个例外。

——你会和别人一起走过这条街，一起上下学吗？

剩下的话辛回妍没说出口，吞进了肚子。

严宁终于想起今天是这个学期的最后一天，她略带遗憾地说着："啊，好可惜，我又要一个人走了。"

于是辛回妍雀跃起来，原来没有其他人分享严宁的陪伴，她抿着嘴，努力克制自己的嘴角不要上扬。她心想，你看，我就知道我是最特殊的，只有我陪过你上下课。

严宁的踩点能力果然会随着次数增多而变得更强，铃声响起的时候辛回妍还有一只脚没迈进教室，班主任在她们身后打趣："哟，还有一只脚在外面，你们迟到了。"

全班同学立即看向门口，辛回妍觉得他们的视线太过火辣，落在身上烫得难受，她迅速把另一只脚伸进去，"对不起"三个字就快要脱口而出。

"铃声没打完就不算迟到，"严宁拉着她的手腕继续往里走，"杨老师不能记我们名字噢。"

严宁性格好，成绩好，又是班长，没有一个老师不喜欢她，杨老师尤其喜欢她，所以也笑着说："那还不快点回到座位上去，考试这天也敢迟到呢？"

班上开始起哄："杨老师偏心！凭什么班长迟到就放过她！"

严宁哼笑一声："班长当然有特权，你不知道吗？"

没有人提起辛回妍，她像一个透明人、一只钥匙扣上挂着的玩偶，都是被忽视的存在，但她一点也不在意，甚至在这种忽视中感到无比的安心。

辛回妍坐回自己座位，在同学们的朗读声里打开课本，课本上的字密密麻麻，宛如一排蚂蚁，在辛回妍视线中挪动着，辛回妍无端想起早上等待严宁时想到的问题：一只蝴蝶一生会遇见多少花？

不重要了，辛回妍把课本翻了一页，蚂蚁也变回文字，她认真跟着朗读。

考试作文写到最后一行时，考场里有些吵闹，监考老师压着嗓子说"安静"，辛回妍从安静这两个词无端联想到严宁。

她们是怎么熟悉起来的？辛回妍顿住笔，思绪回到今年冬天的第一场雨——

辛回妍最讨厌下雨的时候，她中午从食堂回教室的时候也下着雨，她打着伞，裤子、袜子和鞋子却还是一点一点被雨浸湿，如今贴在身上，倒像块铁——陵江的雨虽然不大，却绵绵黏黏的，落在人身上像根针，刺得人骨子里发冷。

生理期被打湿衣服就宛如伤口上撒了盐，她浑身发冷，脸色发白，额头冒出细汗，她一边揉着自己的肚子，一边想自己大概要死在这里了。

突如其来的一个暖宝宝落在桌上，辛回妍费尽力气抬起头，看见前桌严宁正收回手，她坦荡地把辛回妍难以启齿的疼痛剖白了，放在明面上说："痛经很严重的话要去医院看一看，经期别着凉。"

暖宝宝贴在腹部，源源不断的热流从腹部往四肢百骸送去，辛回妍感觉自己体内有生机复苏，她像熬到春天的新芽，渐渐舒展了眉头。

不止如此，第二日辛回妍从食堂吃早饭回来，发现自己桌子上多了一个白粉格保温杯，她下意识去看严宁，前桌严宁正咬着豆浆吸管做题，豆浆吸管被她咬得又扁又宽，她却好似完全不知道这个异状。

辛回妍轻轻地捅捅严宁后背："这是你的吗？"

严宁握着豆浆杯回头："是我的，里头是姜汁可乐，我早上起来熬的，你喝完把杯子给我就好了。"

辛回妍猝不及防与她面对面，下意识想避开对方的视线，然而严宁冲她温温柔柔一笑，她顿时像只被安抚住的鹿，小心翼翼地和对方说谢谢。她拧开保温杯，杯里红褐色液体在瓶口晃荡，她微微低下头，有些不知所措："我没有杯子……"

"直接喝吧，"怕辛回妍觉得不干净，严宁补充道，"这个是我之前用的杯子，装之前我用热水泡过。"

辛回妍抿了一小口，从浓郁的姜味中品出一丝甜津津的味道，她慢慢啜饮起来，眼神逐渐停留在严宁脸上。

严宁有一张过分冷淡的脸，大部分时候她都半垂着眼，嘴角也微微往下弯，颇有一种睥睨天下的气质，尤其是自习课坐在讲台上维持班级纪律时，她眼角一斜，教室里的气氛便无端地沉重起来。

或许是怕冷，严宁蓄着很长的卷发，卷发这样披散着，长却没有凌乱感，辛回妍看得很是眼馋。她自己是直发，头发长度大概到后背，然而每日起床头发都炸得像一只猫，因此她时常扎着马尾，从不肯散下头发。

这样一张脸却在对自己笑，辛回妍觉得不可思议，她在心里想，原来严宁是这样的啊。

严宁干脆趴在辛回妍桌面的两摞书上，认真地回看辛回妍。

关于自己的后桌，严宁记忆实在不算多，只记得她是住校生，还是个沉默寡言的女孩子。

这次凑近了看，能看见辛回妍皮肤偏黄，鼻梁处还有一小群雀斑，她的眼神像猫，处处透露着防备，半晌之后严宁感慨："你好像我外婆家的那只小狸花。"

辛回妍摸不准她是夸奖还是什么意思，只好含糊着说谢谢。

描述固然有夸张的成分，但那一刻严宁的名字终于不再是模糊的人像，她有了轮廓——很少有人知道辛回妍有轻微的脸盲，很长一段时间里，同学的名字就只是一个代号，她无法把代号和人联系起来，就连严宁，在那之前也只有前桌和班长两个标签而已。

姜汁可乐好似抛出来交好的线，她与严宁真正变得无话不谈，还是起源于一本书。

三中是所老学校，留下的传统不少，比如每个班都有一个图书角，每位学生都需要在开学时往图书角里捐一本书，然后到放假时再带走，为了方便统计管理，图书角这一块都是由严宁在负责。

辛回妍向严宁开口借《热铁皮屋顶上的猫》时，严宁的表情有些诧异，她从抽屉里翻出登记本："咦，你要借这本？这本是我捐的。"

辛回妍心想我知道是你捐的，正是因为它是你捐的我才要借这本书，她不敢将心声讲出来，只能编着理由："我喜欢猫，所以对猫有关的书有兴趣。"

严宁登记的笔停顿了一下，倒也没有揭穿她："我登记好了，你去拿吧。"

辛回妍果然去图书角把那本书拿了下来，她大致翻了一下，发现在文中根本看不到猫，她心里咯噔好几下，立即明白严宁方才那个顿笔是什么意思。她站在图书角，恨不能回到自己开口时，把要借书的话埋在肚子里烂掉。

这个懊恼一直持续到回宿舍睡觉，躺在棉被里的她失魂落魄，反复想着自己白天的话，那个顿笔在她脑中反复呈现，好像严宁所有不屑的话都包含其中，她越想越觉得自己在严宁面前像个笑话。她再也不想和严宁说话，仿佛只要不说话，她就还能维持住自己少得可怜的自尊。

她把自己蜷缩进被窝，宛如一只蜷缩进乌龟壳中的乌龟——

辛回妍回忆得太久，导致落笔的时候下意识写了"严宁"两个字上去，她急忙把这两个字涂成两个黑框框，认真把作文结尾写完。

bf.m **03**

考完试是长达十八天的阔别，离开时严宁忽然问辛回妍要了校服，辛回妍虽然不明白她要做什么，却还是从书包里找出校服递给她。

严宁把辛回妍的校服还回去时，身上也穿着校服，与把校服当四季常驻外套的广大同学不同，她只有在升旗的时候才会穿校服，然而今天既没有升旗仪式，也没有开学典礼，她穿着校服实在惹眼。

早有人笑问今天是什么日子，为什么把校服穿出来了？严宁心情好，随口回复她们："想穿不就穿了？"

还回来的校服有洗衣液的清香，辛回妍把鼻子凑到校服上闻，能闻出淡淡的橘子香。严宁好像格外钟爱橘子味，辛回妍一边想一边展开校服，校服的后背画着狸花猫祈福，狸花猫很眼生，不过祈福的背景很眼熟。仔细看，辛回妍发现每个祈福小木牌上都写着小字，她扶正眼镜，看清了那些字，"考试必过""习题必会"诸如此类，大部分都是一些祝福语。

石火电光间，她看向严宁的校服。

三中的校服是绿白两色的，袖子是绿袖双白边，后背则是大片的白，大部分学生都会在背后写写画画，来彰显一点个性。严宁也不例外，她的校服背后画着她喜欢的动漫男主，从她的背景蔓延过来，正好能接上辛回妍校服背后的这排祈福小木牌——倘若有人认真注意过严宁的校服，会发现背景是近期才加上去的，更具体一些，是在严宁知道辛回妍喜欢猫之后，她的校服才逐渐有了景色。

少年与猫，三花变狸花。

这是隐喻吗？她在严宁心里也是独一无二的吗？辛回妍欣喜若狂，想问的话在唇舌间几经辗转，最终消散在齿间，她把头埋进校服中。

尽管只是一些祝福语，但辛回妍心里还是柔软得一塌糊涂，她想我谁也不喜欢，我就喜欢严宁。她正要向严宁道谢，头还没抬起来，就听见前面有人在和严宁搭话。

"《英雄末路》这首歌我怎么玩都玩不出来隐藏关卡，气死我了！"

"你速度好快，你已经把剧情都看完了？"

严宁笑着把话题接上："那首歌我找出来了，难度特别高，我到现在也只能打个全连，准确率只有百分之九十一。"

"哇，不愧是班长，百分之九十一的准确率评分已经有 S 了吧？"

"有的，不过这歌的成就是要百分百准确率的，估计要打好久才能行。"

这是她完全不了解的领域，严宁也从来不会和她说游戏相关。辛回妍的好心情忽然变得一团糟，她从校服中抬起头，看见严宁正和别人说得眉飞色舞。她默默把校服塞进抽屉，又从抽屉翻出真题本来做，笔在草稿本上画出混乱的线条，一如她的思绪，混乱得理不出头。

她们已经从游戏讲到了学习，有人看到严宁桌子上的笔记本，忍不住拿起来翻了两页，震撼出声："班长，这是你自己整理的重点吗？"

严宁似乎有些不好意思："是啊。"

"可以借我看看吗？"

"可以啊，你看完记得还我。"

所有的对话都逐字进入辛回妍脑中，刹那间她心领神会，顿悟了严宁只是严宁，而不是她的私有物，她会对自己好，也会对其余人好。

严宁整理的重点笔记本还是到了辛回妍手中，不是她外借的那本，是她整理的另一本。

辛回妍收下笔记，面色却淡淡的，看不出悲喜。她草草翻开两页，发觉笔记中的每一页严宁都誊抄得清秀工整，不似寻常写作业时的狂野字迹。她一怔，本想说谢谢，但想起第一个翻看笔记的不是她，心里又无端膈应起来。

笔记刚背到五分之一，百日誓师大会就轰轰烈烈地开始了。

因誓师大会后还要去文庙祭孔，所以校长发言只简单讲了几句。文庙离三中有一段距离，走起来要半个多小时，为了不影响交通，校方只让队伍排了两列，由一班打头阵，一个班一个班接上去。

等七班的队伍动起来时，辛回妍还没从誓师大会带来的紧迫感中脱离，严宁就站在她身侧，自然而然地牵起她的手，接上步伐。这条路严宁记得滚瓜烂熟，哪怕现在蒙上她的眼睛，她也能踩着直线走到文庙去。

但和辛回妍一起走是头一回，她觉得稀奇，不由感激起三中还有这等好习俗，尽管她高二时看着高三的学长学姐们去祭孔时心里还在想这是什么奇怪风俗。

严宁拉拉辛回妍的手，小声和她交谈："小狸花，你看，是春天。"

辛回妍茫然地转过头，看见行道树抽出新芽，地上黄草皮也逐渐过渡上绿色，路过的广场上方还有零零散散几只风筝在天空飘荡。天空犹如一块湛蓝色大玻璃，遥远一点的地方成了高光。

　　"春天真好啊，不过我更喜欢夏天，"严宁继续说着，"西瓜、水井、萤火虫，传说中夏天的三大神器，只可惜我长这么大还没有见过萤火虫。你家夏天晚上的时候会有萤火虫吗？"

　　辛回妍还有些不在状态："没有注意过，应该有的。"

　　"高考完你带我去看萤火虫吧？"

　　"不带。"

　　"这个时候你不是应该大放豪言说来我家看个够吗？"

　　"万一我家没有怎么办？话不能说得太满。"

　　"小狸花。"

　　"嗯？"辛回妍侧过头，两人视线相撞，她看见严宁眼中的自己，原来并不丑陋。

　　"你刚刚踩倒了一朵花。"

　　"啊？对不起！"

　　握着严宁的手，辛回妍好似握住自己的心跳，她慢慢镇定下来，脑中有个声音略带遗憾地说，如果能再走一段时间就好了，在高考之前，她们也只有这么一点时间可以并肩走。

　　只可惜她们还是在私语中抵达文庙。文庙外有一段台阶，走过台阶，跨过门槛，对着孔夫子的塑像鞠三个躬，就算完成了祭孔。台阶不高，就是长，据前几届学姐们说台阶共有九十九阶，是真是假没人知道，毕竟也没有人闲到真的去把台阶数一遍。

　　可辛回妍站在台阶上时，心里还是想起了这个据说，她们一起走过长长的台阶，前面是人，后面也是人，这么多人里，没有人在意她们的不专注，也没有人看穿辛回妍百转千回的小心思——

如果能数清这九十九级台阶，孔夫子能实现她胆大包天的愿望吗？

04

百日誓师大会后，高考倒计时正式出现在班级的墙壁上，辛回妍越发的沉默，每天都沉浸在各种习题中，挂着的倒计时像一把悬在她头顶的剑，剑尖直指她天灵盖，刺得她头疼欲裂，她坐在教室里，宛如坐在危楼的边缘，被风吹得摇摇欲坠。

严宁中途和她说过，说她把自己逼得太紧，这样容易出问题。

她的话不无道理，辛回妍知道，但要离开这片土地的念头在她脑中根深蒂固，所有劝她放松的话都像劝她放弃这个念头。

她抿着嘴，近似恶毒地想，你不要说我不爱听的话，我真的会推开你。你是用什么心态和我说这话的呢？我不像你这样聪慧，一点就通，我只是一根朽木，需要靠死记硬背来提高自己的成绩。

她明白自己的性子并不讨喜，因此在别人讨厌她之前，她先把自己的缺点全部剖析了一遍。

她孤僻又冷漠，无用的自尊心何其多，哪颗都践踏不得，不仅如此，她还像矛盾的多面体，心里时刻藏着一把双刃刀，害怕对方因为距离过近而被刺伤，更害怕对方因为怕被刺伤而不敢靠近。

辛回妍没有说话，眼神里却写满疏离与厌恶，她固执地把手里的真题本翻到下一页，继续在草稿上演算着过程。

严宁被她这个眼神刺痛，她发笑地想青春期的喜恶真是全无理由，只是在家复习的时候，她仍然会熬夜给辛回妍补上新重点。好长一段时间，她们除了一个给重点一个接收重点之外，再无其他交流。

有时候辛回妍缓过神，也会扪心自问，自己这样对严宁是不是太过分，只是情绪上头时她根本克制不住自己，而冷静下来又开不了口。

无数次夜里她闭着眼，脑子浮现的都是"高考完之后，我一定和严宁道歉"这句话，愧疚与恶意越累积越多，逼得人越来越疯。

镇上回家的那条路还是只有辛回妍一个人在走，这条路原来只需要走二十多分钟，但随着高考倒计时天数的减少，她在这条路上花费的时间越来越多，三十分钟，四十分钟，她都花费过，好几次家里也问为什么回来得这么晚，都被她以"在路上背书"的理由敷衍过去了。

辛回妍走在这条路上时，风吹得两侧茅草呼呼摇曳，半昏黑的天幕有几粒星星若隐若现，辛回妍站在风里，感受风落在身上又冷又畅快的快感。

突然茅草里有簌簌声响，紧接着有萤火从茅草里慢慢升起，起先只有一只，夜色更暗一点后，逐渐出现了两只，三只——只有三只。

她终于意识到陵江入夏了，在高考倒计时只剩下十几天的时候。她怔怔地看着这些萤火虫，脑中一直回荡着严宁的遗憾。

"西瓜、水井、萤火虫，传说中夏天的三大神器，只可惜我长这么大还没有见过萤火虫。你家夏天晚上的时候会有萤火虫吗？

"高考完你带我去看萤火虫吧？"

她猛然把自己背上的书包拽到前面，然后急匆匆地从包里找出矿水泉瓶，水瓶还有大半瓶水，辛回妍拧开瓶盖，把里头的水哗啦啦倒在地上，她顾不上把书包拉链先拉上，而是拿着空瓶踩进茅草堆去抓萤火虫。

茅草叶子两侧带着倒刺，叶子刮过她脚腕，她不管不顾往里头走，穿过厚重的茅草后是满地的藤蔓，它们盘根错节，每一段暴露在外的根茎上都长有细细麻麻的毛刺。萤火虫在停在藤蔓叶子上，辛回妍屏住呼吸，慢慢走过去，两手用力一合，合住一手的刺。

其实有些疼，但当她慢慢把掌心展开一条缝，看见萤火虫在手心发出绿色的光时，她忽然觉得自己不疼了。她把萤火虫装进空瓶子中，再用力把瓶盖拧紧，生怕萤火虫飞走了。

一只被抓的萤火虫活不了多久，等不到她明天去学校，理智告诉她严宁看不到这只萤火虫，冲动却大喊这不重要，她就是想给严宁看萤火虫！于是她仓皇拉上书包拉链，朝着县城的方向拔腿狂奔。

去县城的大巴已经没有了，她失魂落魄地站在售票站门口，脚沉得像灌满几千克的铅，抬起来都费力。大概是看她在车站门口站了许久，售票员犹豫了一会儿，问她："我认识有去县城的司机，不过这个司机收费有点贵，你要去吗？"

一听见收费，辛回妍眸光黯淡下去，她身上只有过年收到的八十七元压岁钱，一直装在书包夹层中，没有用过。她忐忑问道："要多少钱？"

"三十五块。"

确实有点贵，她坐大巴只要五块钱。她咬紧牙："去。"

售票员拿出手机拨号码，辛回妍在一旁低眉顺眼地说谢谢。

越野车比大巴快不少，辛回妍在学校门口下的车，校门倒是没有关，不过辛回妍没有进去，她知道这个时间点严宁不会在学校，她朝着大转盘走去，那是她们以前一起回家时分开的地方，只是当她站在大转盘前，却惊觉自己根本没有办法找到严宁。她不知道她家住哪，不知道她电话是什么，也不知道她的社交账号是多少。这些不是严宁没有，是她没有。

她手中还紧紧抱着那只装有萤火虫的空水瓶，萤火虫尾部发着微弱的光，它快要死了。

辛回妍情绪无端失了控，她眼泪簌簌落下来，落在瓶盖上，落在地面上，她从未发觉自己原来有这么多眼泪，可以多到两眼朦胧，看不清世界。在影影绰绰间，她看见那点绿色的微光彻底暗淡下去，那些被茅草割破的伤痕、被刺扎出的黑点在这一刻都剧烈疼痛起来，她分不清是心里更痛还是身上更疼，她难过得喘不过气，在这一瞬间，她忽然清楚地意识到她们始终是要错过的。

就像她们俩从来都不提自己的目标，从来不提考完后要怎么样，唯一一次提起高考后还是严宁说她想看萤火虫，她们心照不宣地避开分别这个话题，仿佛这样就能避开分别的结局。

辛回妍蹲在大转盘边上，哭得昏天黑地。

高考那天辛回妍自己没什么感觉，她的所有情绪都和那只萤火虫一样死在那个夜里，她活似寺庙里泥塑的雕像，无悲无喜，波澜不惊。直到隔着校门看见严宁，她那石头做的心才缓慢地跳动了一下，她想说些什么，嘴唇翕动两下，却说不出话，反倒是严宁瞧见她，远远地朝她挥手，大声喊了句加油。

那晚辛回妍没有回家，她去了小姨家，在小姨家她和妈妈打了通电话，说自己折返学校拿资料，妈妈果不其然骂了她一顿，不过没有要求她回去。辛回妍漫不经心听着妈妈的话，头一次发现自己可以不在乎这些。

在倒计时的最后十几天里，她开始平心静气地对待所有人，同桌、同学，甚至是父母，然而面对严宁时，她始终不敢把那个失魂落魄的晚上告诉她。

可能是考前心态好，也可能是严宁总结的重点实在有用，总而言之，辛回妍进到考场之后，意外地发现这场考试并没有她想的那么难。

陵江只有两所高中，高考时再怎么打乱考场，她与严宁依然都被分到三中高考，收完语文卷后她与严宁在楼梯口相遇，两人并肩下楼，沉默得彼此仿佛从来没认识过。

最终是严宁先和她说话的："考完你就回去了吗？"

她指最后一天的考试，辛回妍点头："也许吧。"

"那你考完之后，等等我。"

她有话要对我说，辛回妍想，要说些什么呢，我们还能说什么呢？但是她没回绝，她笑着说："好，你也要好好考。"

结果没想到考完那天辛回妍妈妈特意请了一天假来接人，她寸步不离地跟在辛回妍身边，从教室跟到宿舍，辛回妍带着妈妈与严宁打了个照面，在辛回妍满脸无奈中，严宁把所有话都吞进腹，她张开双臂，说："小狸花，抱一下吧。"

辛回妍上前与她拥抱，这个拥抱没持续太久，她刚松开手，脖子上仿佛落下了一滴熔浆，烫得她整个人都生疼，她知道那是什么。松开拥抱的时候果然看见严宁红了眼。

严宁轻轻地拍了下辛回妍的头，就好似很久以前她拍着外婆家那只小狸花的脑袋一样温柔，她在心里说再见了小狸花，嘴上却什么都没说，只是在转身离开的时候挥了挥手，算是告别。

在这一刻辛回妍竟想起自己借阅过的那本书，书中有一句："对一件事保持沉默只会把事情闹大，事情就在沉默中扩大、溃烂、越来越恶化……"那时她不以为然，如今却好似明白了意思。

她们各自带着自己的秘密，终于被错过了，一如严宁写在校服后背上的小字没有被发现，而辛回妍还回去的书严宁也没有再翻阅。

校服背后的"严宁的小狸花"与书本最后一页的"小狸花才不会爱上任何人"最终成为照应。

辛回妍开签售会的时候，有个小女生问了她一个问题。

"老师，请问那只没有送出去的萤火虫是不是还有一段回忆？"

她怔了半晌，显然是没有想到有人会注意到这句只出现一格的旁白，她在漫画扉页签下自己的名，回答着："你看得好仔细，原本是有一段的，可惜篇幅不够，删掉了。"

"那……"女生踌躇不定，想问清那段回忆是什么，又怕耽误时间影响后面的签名。

辛回妍看出她的犹豫，她想了会儿，提笔在扉页写道：

"倘若萤火虫会说话，它应该知道……"

最后三个字隐在她手掌的阴影中。

这一句话她没用连笔，而是用了工整的楷体，写出来像印上去一样，她抬头对着女生笑："这样应该能明白了吧？"

女生欣喜若狂，抱着书疯狂致谢。

后面还签了多少本辛回妍已经记不清，她只记得在签完最后一本时，外头天色还算很好，她的心情也突然很好，于是她同意平台编辑说要一起吃饭的邀请，哼着歌去洗手间补妆。

两人在饭局上相谈甚欢，直至编辑问她下一篇漫画什么时候开始画，辛回妍顿时觉得自己的好心情烟消云散，她舀了一勺水蒸蛋，含糊着说："下个月吧，我想出去旅游一趟。"

回到酒店后辛回妍无所事事，她想起白天女生的问题，因此拆开自己的漫画，找到提及萤火虫的那一页，那儿只有一段话：

　　"我总是会遗憾没在一个游戏最好的时候玩过它，没在自己最辉煌的时候努力下去，也没能在最好的时间里遇见她再用最短的时间去忘掉她。我好像总是在错过，却又总是在惦记。就比如现在，在二十七岁的夜晚突然想起十七岁的我，还没有把那只萤火虫送给她。"

　　这一刻辛回妍感觉自己累极了，她好像站在一个名为"想念"的巨大漩涡中，在这个漩涡中心，她疯狂地想起严宁，想起她曾经也有一只没送出去的萤火虫。

『专业格斗，标准擒拿。周小姐，藏拙了啊。』

『您也不遑多让，和传闻中的一样，陈组长。』

瑞贝卡

Butterfly effect

CHAPTER 02

一人千面伪装精英

×

粗中有细天才刑警

瑞贝卡

Butterfly effect

刀王谢十三，人狠话不多。

文／谢十三

00sh

【9月9日 03:16 报案人】

女人很瘦，非常高，穿着一件驼色的大衣，衣角下摆还有些污渍，一侧的头发散乱着，被胡乱拢到了脑后，脚下穿的是一双橙黄色的塑料拖鞋，侧边挂着没有来得及剪掉的标签。

她没有化全妆，只涂了口红也已经花了，有一双漂亮的丹凤眼，像是三十多岁，又好像只有二十几岁。她在门口的寒风里站了一小会儿，拾级而上，推门进入大厅。

几乎就是在那一瞬间，她脸上的表情产生了变化，变得惨白、凄惶，甚至浑身都开始微微发颤。

"我……我要报警。"

她的声音无比嘶哑。人们的目光开始集中：因为之前推门的动作，她的大衣领口朝一边敞开着——雪白而纤细的脖颈上，有一道丑陋的、令人无法忽视的、拇指粗细的勒痕。

01

【9月9日 04:13幸存者】

某沿江大省下属地级市D市自入秋以来一直很不太平，先是西区某个拆迁楼爆破时因为引爆点放置不当引发火灾，然后是疑似团伙作业的入室抢劫杀人案频发。

市警分局重案1、2组的联合组长陈秋嵋那个专用手机响起来的时候，时间刚好是凌晨3点半——她前几天和分局局长以及分管刑事的几个领导去市里开紧急会议，回到D市时已经连续十几个钟头没有睡过觉，但收到的这条语音消息就好像一针强心剂，让她几乎立刻清醒。

"嵋姐，红档01柏家桥案又发现一位受害人。"那头组员张乘的脚步声回响在空荡荡的走廊里，他跑得很急，喘得也很急，最后一句话的尾音颤抖起来，"……是幸存者。"

D市重案组所谓的"红档"，基本都是对社会影响巨大的恶性案件，一般的大案悬案还够不上资格，其中01到07号是省公安厅直接批示，在侦办过程中，对警力、各项手续流程都有优先处置权。

大名鼎鼎的红档01，柏家桥连环杀人案，自1986年至2019年，这33年间，受害者共计11人，除同为在水边被勒毙之外，其年龄、性别、身份和社会关系，基本没有任何重合点。自最后一名死者遇害至今已是第3年，这个时候再度案发，并且首次出现了幸存者，几乎让整个分局沸腾。

陈秋嵋驱车赶至医院时，幸存者的初检刚刚完毕，张乘迎上来塞给她一张验伤单，小声说："幸存者叫周檐，女性，28岁，海归，外伤主要在颈部上方7厘米处，其余部位有轻微擦伤，衣物已交付法证，双手遗留皮屑已采样。目前精神状态还好，就是……"

陈秋嵋问："怎么？"

张乘嗫嚅着回答："……不太配合工作。"

陈秋嵋没说什么，开门进了病房，床上的女人抬起头，天生上翘的、像狐狸一样的眼睛颤了颤，接着熟练地、不着痕迹地翻了个白眼。

陈秋嵋：……

她耐着性子，在床边的椅子上坐了下来，面前这个叫周檐的女人下意识地向后退了一点点，等看清楚了陈秋嵋的脸，又好像没那么排斥。陈秋嵋长得好看，短发，巴掌脸，眉毛眼睛都很英气，一开口，惊雷似的大嗓门："周檐对吧？我是陈秋嵋，负责你的案子。"

床上的周女士显然被吓了一跳，眉头一皱，显出很嫌恶的样子，隔半晌，矜持地点点头，说："刚才外面那个是你下属吧？我跟他说我想要杯咖啡，不过我一般只喝手作的，我让他帮我买一杯他还甩我脸子，你们就是这样的人民公仆哦？这样花纳税人的钱又不做事情，你们实在是……"

凌晨4点，见了鬼的手作咖啡。

她一句话没叨叨完，陈队长兜头兜脑地把被子往她头上一套，翻身就上了病床，一手铁钳似的把对方两只手充满压迫性地向下一压。周女士被这一出整愣了，僵在那里一时没能有什么反应。

陈队长一不做二不休，伸手就往她衣服里侧摸，周女士瞳孔地震，下意识一屈膝顶住身上女警的腰，自己下半身发力一掀，两个人在床上滚了一圈，掉转了个个儿。

陈队长转瞬被人压在床上，身上分量沉甸甸的，但也不着急，仰面躺着，还在上下打量一丝不苟的周女士，说："身手挺不错的，下盘很稳，没比普通人多几把力气，的确勒不死你。"

周女士气得不行，脸上青一阵白一阵。

陈队长懒洋洋的也不以为意，借着姿势的便利从对方大衣口袋里摸出张名片来，见上头写：科立实业有限公司，投资顾问，Rebecca Chou。

"D市科立，挺耳熟。"陈队长想了一会儿，恍然大悟，"就爆破引发火灾结果烧死人的那个科立吧？你挺倒霉的啊，扣奖金了没？"

周女士也崩溃："你这什么警察啊？我要投诉你。"

02

周小姐深更半夜的投诉电话没打通，还因为大声咆哮被护士警告一次，无奈之下给自己的律师打电话，律师和她讲这是私人时间，让她9点以后的工作时间再打。

陈队长颇有耐心地在旁边看着，隔了一会儿，给她递过去一杯奶茶："你对我不满意找律师真没用，还是得投诉，欸，你讲了这么多你累不？喝口呗？"

奶茶是自动贩卖机里卖的那种，铁罐，三块五毛钱，周檐浑身那股子傲慢的精英劲儿被这么一通折腾全给弄散了，抢过来气鼓鼓地喝了两口，打了个嗝儿，口气生硬地开始接受询问。

她其实是集团外聘的人才，回国不过小个把月，到任科立没几周就碰上了拆迁爆破那次事故，忙得焦头烂额，今天大周末的跑去事发地调查情况，回来的时候没对接好时间，司机把车停在高速路口，她自己也心急，等不到司机绕路，就打算自己沿着河走出来。

就是那一小段路上出的事——有人从背后勒住了她。

"对方力气很大，拿来勒我的……感觉像是塑料管，或者是塑料绳子之类的东西，表面很光滑。他（她）是戴着手套的，一直没有发出声音。"

陈秋嵋随手翻着验伤单："你反抗了？"

"嗯。"周檐声音闷闷地说，"一开始我没反应过来，后来就肘击他，四……五下吧，也可能是七八下。他一松手就跑了，当时已经是凌晨1点多了，沿河很暗，实在看不清。"

陈秋嵋站起来，一伸手把自己连帽衫上的系带抽出来，站到周檐后面套住她脖子："我们演示一下，我这样勒你，你当时怎么反击的？"

周檐这会儿刚有点回过神，骨子里的尖酸刻薄立刻又藏不住了，她用手扯了下绳子，讥笑道："陈警官，你得先站高点。"

周檐目测至少一米七六，陈秋嵋比她矮了大半个头。

还来劲儿了是吧。

陈队长一声不吭地爬到病床上去跪着，重新套住她的脖子："行了吗？"

话没讲完，周檐的手往后一顶，朝陈队长腰眼子里一撞。陈秋嵋正在这儿等着呢，她五指张开包住撞过来的肘尖，稍稍用了点力道往前一顶、一扳。

周檐痛得脸都歪了："嘶——"

陈队长："泰拳？"

周檐："散打，随便练的……你放手！"

陈队长若无其事地松开手，看向她脚踝："你当时还穿了高跟鞋？鞋呢？"

周檐没好气："掉水里了。"

陈队长说："这人个头还挺高，能从这个角度勒着你，至少一米八以上。看你这勒痕，被控制住七八秒是有的，不太像是女人能有的力气。"

周檐揉着自己的手腕，冷哼了一声。

陈队长重新坐下来，瞧了她半天，又说："柏家桥那片芦苇荡前后有几公里，你从西区卢镇那个口子出来到高速路上，照理说不应该经过柏家桥。"

周檐一听她这不咸不淡的语气，火气立刻又上来了："我哪儿知道？那鸟不拉屎的地方你以为我愿意去啊！我迷路了行不行？"

陈队长笑了笑："行啊，理解。"

她丢下一座活火山似的当事人径直走到外面。

张乘在前面办完手续回来，看她正在走廊里的长椅上写笔录。

张乘凑到一边看，却见陈秋嵋写到一半，笔停了下来，朝里面瞧了一眼，说："漂亮吗？"

张乘："啊？"

陈队长："看见长得漂亮的姐姐，被说了几句就问不出来话了？你这个职业素养有待加强。"

张乘心想：你把人放倒在床上挑衅就很有职业素养吗？当我没看见？

陈队长理会不了他复杂又纠结的心理活动，将笔录和验伤报告叠在一起，低声说："你看她脚上这个伤痕，不像是走了很久的路反复磨破的，倒像是……"

"短期发力造成的？"张乘说，"穿着高跟鞋……跑步啊，凶手追她了？"

陈队长："按照她的说法，与凶手对上仅在角力发生的那两到三分钟内，并没有被追赶的这个过程，她是在正常行走的情况下被勒住的——那她是什么时候跑的？嗯？"

张乘想不明白了。

陈队长白费一番口舌，好脾气地笑了笑，把笔录往对方手里一塞，去走廊里给自己买水。

周檐的病房还亮着灯，陈队长对着那灯光以及灯光里的人影瞧了一小会儿，心说：长得倒是真的漂亮。

03

【9月9日 06:20 浅眠】

陈秋嵋没顾得上回家换个衣服，直接回市局开紧急会议。红档里数得上号的案子，就算是陈年旧案，肯定也是近期工作重点。分管的林局已经再三交代，一定要抓住周檐这个突破口，争取早日破案。

临走的时候陈秋嵋说："科立那个爆破的案子，现场是没发现引燃物的，我觉得还是应该查一查。要不然一队专攻柏家桥，二队抽几个人去现场那儿看一看？反正也在卢镇那一块，挺近的。"

林局说："这个放一放，以后再说——这不是你该管的事儿。"

这话讲得有些不寻常。

D市科立是省里所谓的"大厂"，经营面铺得很广，董事长叫冯建斌，这几年在各界都很吃得开。陈秋嵋入行早，虽然才三十几岁，但也已经是老刑侦了，嗅觉敏锐，联想到之前市里那个紧急会议还安排了几个领导做会后会谈，立刻就闭了嘴，不再提这茬儿。

等她从市局出来，天已经亮得差不多了，她把自己那辆破桑塔纳开出来，直奔案发地柏家桥芦苇荡——有四五个同事已经到了，正在定位周檐指出的案发地。

陈秋嵋问："能找到有用的监控画面吗？"

一个队员答："之前几次事情发生后，沿河是新装了十几个监控，但其实柏家桥这一段加起来有几公里长，很多还是农村自留地，荒田和死角太多，不太好找，小鲍他们正在努力。"

大海捞针。

陈队长："监控继续找。其他人，重点看鞋印——受害人当日穿了一双高跟鞋，掉在芦苇荡里了，最好是先找到那双鞋。"

这时候差不多是早上 7 点，她布置完任务又开车回到医院，听守在那里的张乘说那位漂亮不好惹又矫情的周小姐还在单人病房里睡觉。

她也不知道什么叫客气，径直走进去，病床挺宽敞的，周檐一半脸埋在被子里，头发披散着，唇膏已经擦掉，不开口讲讨人厌的话的时候，极其容易让人放松警惕。

陈队长已经二十几个小时没合眼，基于职业操守，也不可能这个时候把受害人摇醒。她去洗手间洗了把脸，坐在旁边的靠背椅上用手机看之前几位受害人的资料。

周檐睡得很熟，蜷缩在一边，病床很大，有一半是空的，陈队长身体与精神上都太疲倦了，天人交战了两分钟，坐上去占了另外半边，心里想：我就睡半个小时。

床垫褥子都很柔软，周檐身上有很淡的香水味。

陈秋嵋很快睡着，醒过来的时候人是蒙的，头被什么东西罩着。有人"恶意"地把她跟个小动物似的团了一团，在被子蒙了个囫囵，还有一只手正在胡乱薅她乱糟糟的头发。

这人正在打电话。

"……处理是都处理好了，赔偿协议那老头的大儿子一家也签了，我让小邵把原件拿回来归档。冯董啊，您说我不到这犄角旮旯儿的穷酸地方也遭不了今天这罪，保险那边，总归要帮我走一走的哦？你说我刚回来没多久，也还没置产，听说科立在沿江有个楼盘，叫什么临江水苑的，比我现在租的那个四季春苑环境好，人车分流……"

声音挺好听，话里头一股浑然天成的市侩气，陈秋嵋又听了几分钟，果然对方接着就开始说："欸……您别提，受伤也就算了，碰见个女警察，不知道什么级别，个子小小的，剽悍得不得了，一点道理也不讲的，还对我毛手毛脚。您有投诉途径不？帮我走一个呗。"

陈秋嵋忍着头上那只还在揪她头发的手，心说毛手毛脚的到底是哪个？

她抓住对方的手腕，用力往下一扳。

周檐："哎哟……我先挂了啊，回头再说。"

陈队长从被子里钻出来，把头发全捋到脑后，报了一串数字：

"DX13081。"

周檐愣了愣："什么？"

"DX 是地级编号，后面 13 是辖区号，你不是要投诉吗？我的警号。"陈队长揶揄她，"高才生，记得住吗？"

此刻周檐那绝不吃亏、定位精准的市侩气立刻又占了上风，也不跟她争锋，转而故作矜持道："等我空下来再说吧……你们准备什么时候送我回家？"

陈队长心里说：还想回家？做梦呢你。口头却说："这不就是来送你回家的吗？怎么，敢不敢坐我的车？"

周檐全然受不得激，也把头发撩到耳朵后面，皮笑肉不笑："这有什么不敢的。"

她穿上鞋，去护士台借了个充电宝，冲着陈队长抬了抬头："走啊。"

04

【9月9日 09:45 现场】

女警察开车，真不是一般人能坐的。

副驾驶的周檐全程脸色发白，碍于面子一直不肯伸手去拉把手，后座的张乘相比之下就要淡定许多，还关切地问："周小姐，你还好吧？"

周檐有苦说不出，只能尽量向后靠在椅背上，等过了几十分钟睁开眼睛一看，也愣了："你这走错了吧？"

"没走错。"陈队长说，"先去趟现场，去完再送你回家。"

周檐："你们这是流氓执法！"

陈队长："你可以选择跳车，不过提醒你一句，这是在高速上。"

周檐：……

她胃里翻江倒海，吵架是吵不动了，也顾不上形象了，整个人畏缩在座位里，等到了柏家桥，还是陈队长下了车，亲自给她解了安全带提溜出来的。

周檐："你到底想干吗？！"

陈队长："跟我去趟卢镇，过一遍昨天的行程，看看有没有能想起来的细节，再等几个小时，我怕你就真的什么都想不起来了。"

周檐的表情还是很不好看，陈秋嵋不理她，一边在后备厢里翻东西，一边说："周小姐，您可能不知道，这个杀你未遂的凶手，迄今为止已经杀了11个人，你是第一个生还者。如果我们不现在就有所行动，危险的不只是你，还有可能是D市的每一个普通市民。"

她说这话的音量不大，语气轻描淡写，大半个人还钻在后备厢里，根本看不清脸上的表情。但不知道怎么，忽然让周檐有了一种"我最好不要反驳她的话"的感觉。

她下意识就"嗯"了一声。

嗯完之后，自己又有些懊恼，赶紧找补："我时间很宝贵的，要去快点去——我说你到底在找什么啊？"

陈队长从后备厢里扒拉出一个纸盒子，从里面拿出双涂鸦运动鞋来，问她："37 码，能穿吗？"

周檐脚上这会儿穿的还是路边随便买的一双塑料拖鞋，闻言愣了愣，颇磨不开脸地说了声谢谢，蹲下身来磨磨蹭蹭地换上了。

鞋子从里到外是崭新的，五位数的限量款，没落地沾过灰，尺码正好。周檐抬起头来又看了眼那辆破得掉了一圈漆的桑塔纳，觉得这个陈队长真是叫人摸不透。

那头张乘和几个组员也已经接上头，周檐跟着陈秋嵋一起走到岸边，已经有一块区域被圈了出来，周檐那天晚上掉的鞋最后也没找到，不过两个人缠斗的时候在地面留下了不少痕迹，几个组员从凌晨开始一公里一公里地筛，这会儿可算找着了疑似地点。

一大片杂草被压倒，陈队长站在旁边看，问："具体位置你感受一下，像这里吗？"

周檐："可能是，我记得对面有桥灯，应该就是差不多的角度望出去的。"

"好。"陈队长说，"那就倒着来，从这里走回卢镇去，20 分钟，耽误不了你什么事。"

泥地里虽然好留脚印，但潮水只要冲几下就散了，周檐和陈秋嵋并肩往前走，周檐没忍住问："那人真杀了 11 个人啊？"

"我没空吓唬你。"陈秋嵋说，"你是才回国不久吧？柏家桥这个案子很出名的，这几年本地人不敢往这里走。"

周檐脸色有些发白，大概是有些后怕，略微朝陈秋嵋身旁靠了一靠。

陈秋嵋觉得好笑："干吗？"

　　周檐趁机抓住了陈秋嵋的袖子，小声说："我听说这种变态连环杀人犯，要是失手了，一定不会善罢甘休的，他不会还要找机会杀我吧？我……我要申请贴身保护。"

　　陈秋嵋冷笑："贴身保护不是在这儿吗？"

　　两个人沿着渡口又走了五六分钟，停在一个岔路，陈秋嵋看了看手机地图，说："这儿就是拐点了，你从卢镇出来走这条路，应该往那个方向拐的，但你应该是拐错了，所以才会走到柏家桥。"

　　周檐站在原地没动。

　　陈秋嵋问："怎么了？"

　　"我不是走错路。"周檐的脸色更加苍白，低声说，"昨天晚上，这里……这里有一个路牌。"

05

【9月9日 10:17日访】

　　周檐这个人，虽然性格不怎么讨人喜欢，但智商不低，事情有一件说一件，从没浪费过警方时间。她这么一提，陈秋嵋立刻感觉到了不对："你是说，你昨天晚上是因为看到了路牌，才会朝柏家桥那个位置走的？"

　　周檐："我很肯定。"

　　她们两个在周围转了一圈，果然在一旁的芦苇丛里找到个塑料的底盘，中间有个圆孔，看样子是一个简易的可以调换的路牌，现在已经被人移走。

陈秋嵋脸色也沉了下来。

"不是随机的，是……是故意的？"周檐是个聪明人，很快也意识到了问题所在，声音略微有些颤抖，"是刻意挑选的……我吗？"

她其实也刚刚经过了很可怕的十几个小时——加班到深夜，在荒郊野外碰见连环杀手，报警、验伤、被问询，头发虽然已被整齐地梳理过，但整个人仍旧是憔悴的，像被暴雨冲刷过的昂贵雕塑，顿时让陈秋嵋这种天生保护欲过剩的人生出一种冲动来。

陈秋嵋在现场拍了照，发消息让张乘带人过来取证，又伸手过去牢牢抓住对方清瘦的手腕，低声问："你们单位年假多久？"

周檐："我刚入职没多久，第一年就一周，怎么了？"

"一周够了，你把年假都请了，别去上班，不安全——吃住暂时跟着我。"陈秋嵋低声说，"你销假之前，我把这人给你抓出来。"

这话听着特别自大，不过陈秋嵋这个人，讲再大的大话，口气都稀松平常，十分诚恳，特别容易取信于人。周檐鬼使神差地又一次没反驳她的话，被抓的手腕感觉热热的，耳根也略微有些发烫，心下有了几分熨帖，手腕放软了，也不再别着劲儿。

穿过这片区域，脚下开始有了规整的水泥路，周檐记性的确不错，她们沿路拐回卢镇，又走了十几分钟后，在一户人家门前停下了。

陈秋嵋："这就是你昨天来的地方？"

周檐"嗯"了一声，小声说："科立在卢镇西南方向上大概1.5公里外有一个商业园计划，那里原本是镇招待所，地皮、手续都谈妥了，爆破拆除的时候引发火灾，压倒并引燃了附近的一间平房。平房里一直住着个瘸腿的老头，姓廖，当时可能是喝高了，直接就没跑出来。"

陈秋嵋："这是他儿子家？"

周檐指了指："大儿子，叫廖远生，他还有个小儿子，在外地做生意还是干吗的，有几年没回来了。"

陈秋嵋在门口转了几圈："你昨天和他们聊了多久？"

"别提了，这姓廖的，老婆跑了，自己钻钱眼子里了，根本就不在乎老头死不死，要不然能让老头一个人住那种地方？"周檐道，"我上午十点多到的吧，扯皮扯了十几个钟头，才算签了赔偿协议。"

新式农村院落外头是不锈钢铁门，陈秋嵋一边听，一边透过门往里看，见有个五六岁的小男孩在里头玩儿。

陈秋嵋隔着门，朝他招招手。

小男孩儿跑过来，咧开嘴一笑，露出了一口牙，上头罩了一片黑。

陈秋嵋对着孩子态度立刻又不一样，打趣道："吃的什么呀？"

小男孩："冰激凌。"

陈秋嵋说："大秋天的，怎么吃这个呀？你家大人许不许？"

小男孩眼珠子转了转，说："我爸不许。"

他忽然就闭嘴不说话了——陈秋嵋和周檐后头的巷子路口，

转出来个中年男人，三十七八岁的样子，个子挺高，手里提着个麻布袋子，显然是这家的主人。看到两个人，他脸色也不大好看，口齿含混地说："又来送钱？"

这话是对着周檐说的，周檐朝天翻了个白眼，顾虑自己高级白领的身份，没讲什么出格的话，委婉地说："廖先生，那毕竟是您父亲。"

"哦，我两岁的时候他就开始打我妈，我妈死后，他就开始打我，一直打到我十几岁。"廖远生依旧面无表情，"人家那时候也跟他说，那毕竟是你儿子。"

周檐一时无语。

陈秋嵋看着他沾了焦污的麻布袋子和双手，问："您是去……那边现场收东西了？"

廖远生瞧了她一眼，说："拿我妈的遗照。"

陈秋嵋"哦"了一声，忽然伸出手，捏住了廖远生的右边肩膀，轻轻往下一按。

这下动作又急又快，廖远生完全没机会躲开，就被她这么一掌扣实了，脸色唰地一下变得惨白，反应过来大怒道："你干什么？"

陈秋嵋捏了一下，很快就松了手，笑道："廖先生有点高低肩，我对这个正好有点研究，就顺带摸了一下，建议您还是去医院看看，可能是有积水。您是家里主要劳动力吧？这种毛病，轻忽不得。"

廖远生："神经病。"

他没再和两人说话，拿着袋子进了门，毫不客气地当着两个人的面把门锁上了。

周檐：“你怀疑他？”

陈秋嵋摇摇头，两个人出了小路，往另一头新建的招待所走。

“能赶在你前面去插路牌，引你去柏家桥那个死角，说明至少是知道你到了卢镇，并且需要从卢镇回高速的，所以很可能是镇子上的人。”陈秋嵋低声说，“这个廖远生，身高是符合描述的，但手臂肩胛部位积水很严重，两只手一起发力，还要勒死人，基本没有这个可能。”

周檐说：“我也觉得不是，毕竟当时协议还在我手上，他如果真不要钱，费那个劲儿和我讨价还价干吗？”

但方向总算是有了，陈秋嵋给张乘发了消息，调了四五个民警过来，开始逐一排查卢镇昨夜的情况。从招待所里的外来人员，到各村各居的常住人口，几乎是一家家盘问过来，再与路口监控对比核实。

周檐之前被吓了一吓，再不嚷着要自己走了，就坐在小派出所大厅里的小凳子上回复工作邮件，看陈秋嵋跟着几个大小伙子一起连轴转了七八个小时——那个被拿来误导她的路牌也被他们从河里捞了上来，指纹痕迹已经被冲刷得干干净净。

临近晚上八点多，陈秋嵋才来叫她，说回去吃个饭洗个澡，回来再继续问。周檐仔细看她，居然没见黑眼圈，两只漂亮的眼睛跟夜里出来觅食的鹰隼似的，很有精神头，她没忍住说：“你不累啊？”

陈秋嵋满不在乎地说：“干这行谁不这样？”

他们回到柏家桥，陈队长又去发动她那辆破烂桑塔纳，这回周槽也没工夫挑剔了，跳上了副驾驶，说："要不去我那儿吃饭休息吧？下高速不久就到，离你们警局也不远。"

陈秋嵋就是搞个小宾馆在地上睡个几小时也无所谓，听她报了个地址，就开了导航一路往那边走。路上周槽接了个电话，是她老板助理打来的，问她要不要人来接。

"……嗯嗯，已经回来了，都已经上高速了。对对，问题不大，嗯，我回四季春苑就行，公司里的东西过几天再给我捎过来吧，这几天我休假，也不急，谢谢你啊。"

她和同事讲话就温声细语，活脱脱一个高情商女白领，陈秋嵋从喉咙口里哼了一声，心说她这副面孔焊得半点也不结实，变来变去实在是不费吹灰之力。

等周槽挂了电话，车里就开始沉默，隔了一会儿，周槽的眼睛略略闭上，好似是睡着了，但嘴里嘟嘟哝哝的，又好像在说话。

陈秋嵋听不清，没忍住略微朝她那个方向靠了靠，只听周槽在念的是一串很熟悉的数字：

DX13081。

陈秋嵋：……

好家伙，这是做梦都想着投诉呢。

06 Crash

【9月9日 20:28车祸】

D市的秋季，晚上气温已经很低，周槽本来穿着的外套被法医拿去取证，这会儿只穿了件衬衫，陈秋嵋看她睡着，顺手就把副驾驶上原来挂着的一件外套扒拉了下来，劈头盖脸地就给她蒙上了。

周檐住的是个高档小区，周边配套设置齐全，但其实离市中心还有一段距离，八点多的时候林荫大道上已经没什么车，周檐刚才没说门牌号，陈秋嵋就把车停在了小区门口，打算在等周檐醒来的时候偷偷抽支烟，顺便看看张乘发来的经过筛选的卢镇前一天晚上的监控——就在她去周檐那边的储物格里取烟的时候，忽然感觉心头猛然一跳！

一阵极其猛烈的撞击，使得她整个头部撞向了储物格，车胎发出了刺耳的摩擦声。

她的第一反应——车被撞了！

几乎是同时，前方挡风玻璃处，一样什么东西破窗而入，陈秋嵋被卡在驾驶座上，根本无法闪避。就在此时，她忽然觉得身上一松，保险带已经松开，有人拉了一把她的胳膊。

那力道实在太大，一瞬间她几乎以为自己胳膊会断掉，但也正是这股力量，将她硬生生从驾驶位上拖了出来。

另一侧的车门被撞开，有人牢牢地抓住她的手，卡住她的脑袋向外扑倒在桑塔纳一侧的地上。

耳旁是猛烈的金属撞击声和周围人群的尖叫声。

陈秋嵋感觉额头有点热，伸手一摸，摸到一头的血，而她们刚才所在的桑塔纳，被一辆板材车迎面撞上，驾驶室已经扭曲成一团不成形的钢铁，几根小儿臂粗的钢条从前方一直穿插到后座。

板材车的司机满脸是血，头靠在方向盘上不省人事。

陈秋嵋脑子里嗡嗡的，转头看向关键时刻揽住自己从车里冲出来的周檐——周檐面无人色，嘴唇因为惊惧已经略微有些发紫，抓着她的手一直在抖。

陈秋嵋反手一把抓住她的手。

周檐抬起头来，双眼没什么焦距的样子，像是吓坏了。

陈秋嵋伸出另一只手，抱住她的头，轻轻拍了两下，叫："周檐，周檐？"

周檐略微有了点反应，看着她，嘴唇开合，不知道想说什么。

陈秋嵋又摸摸她的头，说："没事，周檐，冷静。"

周檐的呼吸渐渐平复，人也慢慢回过神来，心有余悸地看了眼板材车所在的方向，没忍住低声骂了一句。

陈秋嵋从地上站起来，上前去检查那个司机——头部受伤，出血量很大，已经休克。

周围已经有人帮她们拨打了 110 和 120，陈秋嵋给交通部相熟的同事打了个电话，说让他们到了先处理。

周檐在旁边看着她那头破血流的狼狈样，抓着自己身上的外套，小声说："要去医院看下吗？"

"就擦破了皮。"陈秋嵋说，"你家有医药箱吗？我自己弄下就行。"

周檐家是个小复式，有两个洗手间，周檐一回到家就立刻上去冲热水澡了，陈秋嵋在楼下客用洗手间里对着镜子给自己额头贴了个创可贴。

楼上水声哗哗，陈秋嵋在浴室门口站定，只听见里面隐隐有说话的声音。

"……DS21311，对，可能是套牌车……财务状况……科立……"

她没再听下去，直接上脚踢门。

一个人影在淋浴间里转过身来，一手拿着手机，水流冲刷着她修长而健美的身体，她的背脊上赫然有几个圆形的瘢痕。几乎是在门被踹开的一瞬间，她就下意识地伸手去按陈秋嵋的肩膀，陈秋嵋抬肩后一个肘突，又被避开，对方下盘太稳屈膝又是一撞，陈秋嵋肚子上被顶了一记，但趁势扳住了对方一只手，而对方的手，则刚好卡在她脖子后方大动脉上。

整个来回持续了七八秒，水龙头没有关，陈秋嵋穿着的衣服也湿了个七七八八，两个女人对峙的动作定格，彼此都在对方眼里读出了"果然如此"四个字。

"专业格斗，标准擒拿。"陈秋嵋刻意忽略隐隐作痛的肚子，挤出一个微笑来，"周小姐，藏拙了啊。"

周檐放开了抵在她脖子后的手，那股子憋着一口气的白领精英的傲气一瞬间散了个干干净净，脸色也不白了，微微向上挑着的眼睛里甚至带着笑意。

"您也不遑多让，和传闻中的一样，陈组长。"

07

周檐将水龙头关了，从旁边拿了块毛巾扔给陈秋嵋："擦擦。"

见陈秋嵋犹豫，她轻轻笑了一声："擦吧，新的。"

她自己则拿旧衣服胡乱在身上抹了一把，坦坦荡荡地走出浴室去衣柜里拿衣服——陈秋嵋看了一眼衣柜，里头空荡荡的，只有几套衣服，显然没打算常住。

她发呆的当口，周檐已经随便找了件衬衫长裤套上了，头发还湿漉漉的，对着沙发指了指："坐。"

陈秋嵋拿着毛巾坐下来，也随便在身上擦了擦。

周檐问："陈组长观察力真的不得了，哪儿看出来的？"

"鞋。"陈秋嵋："你说你是行走过程中忽然被袭击，这应该是真的，不过你没说你被袭击之后，还曾经试图追上凶手。追了挺远的吧？发力很狠，所以是脚跟与侧边一起破皮，一般磨脚没有这样的。"

周檐颇为遗憾地笑了笑："很可惜，没有追上。"

陈秋嵋想象了一下那个画面，月黑风高，本应柔柔弱弱的"受害人"不但奋起反抗，报以老拳，还拔腿反过来追一个连环杀手……她不禁打了个寒噤。

陈秋嵋："鞋是你自己扔的吗？"

"这个距离居然没追上人，都怪那双鞋。"周檐似乎感到有些抱歉地笑了笑，"当时心里不是很痛快，顺手就把鞋扔了。"

陈秋嵋：……好极了。

周檐侧着头，看她面上一片波谲云诡，又笑了："你那什么表情？还有吗？"

陈秋嵋："你从医院出来拿了个充电宝，说明你预计到会配合我们去柏家桥，不会那么早回到家——你对我们的办案流程也很熟悉。"

"哈，"周檐，"是哦。"

这时候陈秋嵋的手机响起来，是下边交警已经到了，她站起身来，被周檐拉住。

周檐说："等等。"

她接过陈秋嵋手里的大毛巾往她头上一盖，揉着她两鬓很有技巧性地搓磨了几下。

陈秋嵋被揉得低下头，没好气地问："你到底是谁啊？"

周檐低下头，小声笑着道："现在还不能说。"

过了一会儿，她又补充："以后告诉你，我保证。"

陈秋嵋"哼"了一声，很自然地想起了之前省里开的那个座谈会，心说你不讲，莫非我就猜不出来？

她和换好衣服的周檐一起下楼，板材车司机已经送去医院，两辆车都已经被拖走，案子转了交通事故科，陈秋嵋进去时还特意交代："先走普通事故。"

同事挺惊讶："确定？你看这刹车车辙，怕是故意肇事啊？"

陈秋嵋："不是叫你真的按普通事故处理……"

一旁周檐赶紧说："陈组长的意思是，如果肇事者家属出现，你们就按普通事故的流程先处理，等过几天，会有人再来跟进的。

陈组长是不是啊？"

陈秋嵋白了她一眼，朝同事点了点头。

同事心领神会，把事故处理单拿过来，陈秋嵋和周檐分别签了字。

等出了交管局已经是 11 点多，周檐带着陈秋嵋沿着主路走了十几分钟，拐到一个开放的夜市。两个人也不挑，坐下来点了板筋、烤串和啤酒。

周檐问："你那车算公车吧？还能给配吗？"

陈秋嵋吃得不亦乐乎，拿眼睛瞟了她一眼，意思是少多管闲事。

周檐又是哈哈一笑，问："真不问我到底是干什么的啦？万一我是什么不法分子呢？"

陈秋嵋："是就是吧，欠你条命，认了。"

就这个级别的女警来说，她的确过于年轻漂亮了些，但骨子里的剽悍和桀骜气质又把外表的这种特点悄无声息地盖住了——光彩无疑仍旧十分夺目。

周檐吃了几口，接着就兴致勃勃地看对方用不太雅观的姿势啃板筋，陈秋嵋也不管她那目光，一边啃一边拿手机继续看卢镇的监控视频。

周檐观察了半晌，说："你这架势，挺有目的性啊，在找什么呢？"

陈秋嵋说："印证个想法，张乘他们和派出所一直盯着那儿呢，等我找到证据了就回去抓人。"

周檐愣了愣："找着嫌疑人了？这么快？"

陈秋嵋吃得头也不抬："差不多吧。"

周檐见她一边吃，一边飞快地截了几张图，然后把手机扔过来。

周檐："考校我啊？"

陈秋嵋挑挑眉："看得出问题来，再给你加十份板筋。"

周檐险些没笑出声来，拿过手机，见截图一共有四张，是一段主路面监控，画面里清一色都是他们之前见过的廖远生。

9 月 8 日上午 09:15，廖远生进入镜头，朝家门方向走去。

中午 11:12，廖远生又一次进入了镜头，走的还是同一个方向。

晚上 10:20，周檐从里头出来，隔了一会儿，廖远生跟了出来。

晚上 10:45，廖远生拿着一个袋子回到了房间里，然后就再没有出去过。

周檐看了一会儿，说："我记得他家后院还有个门。等等，11:12 他正在和我谈协议，怎么可能会出现在外面？"

她抬起头来，几乎是平静地道："……不是一个人？"

她低下头，略微一思索："我们来分一下，如果这是两个人，廖远生 A 和廖远生 B，09:15，廖远生 A 进入家门，没有离开，应该是和我谈判的那个；11:12，廖远生 B，进入了院子，但是可能看到我们在谈判，所以偷偷在院子里躲起来了。晚上 10:20，我离开院子，过了一会儿，廖远生 B 跟了出来，而廖远生 A 不知道因为什么原因，从后院离开了，10:45 的时候，廖远生 A 又从前院的门回来了。这样来说的话，之前跟着我出去的廖远生 B，根本就没有回来过？他就是在柏家桥袭击我的人？"

陈秋嵋眼皮跳了跳，心头痒痒的，心说这么个脑子活泛的角色，不知道给不给挖墙脚。她揉了揉鼻子，把手机拿回来，故作淡定地说："张乘那边已经查过了，廖启生是廖远生的双胞胎弟弟，说是一直在外做生意，不过这样闷声不响地跑回来，应该不是第一次了。两个人连穿的衣服都是差不多的，监控里乍一看，根本没法分辨是不是一个人。"

周檐"嗯"了一声，很自然地给她递了张纸巾过去。

"和我谈话的是廖远生。"她说，"那今天白天我们见到的那个呢？"

08

【9月10日 0:17 抓捕】

深更半夜，两个人吃完东西打了辆车回柏家桥，路上张乘打电话过来，一张口就声嘶力竭："嵋姐！你车被撞了？"

"全胳膊全腿，"陈秋嵋说，"这回纯属那被殃及的池鱼。"

她说着瞟了眼坐在一旁的周檐，周檐低下头来摸鼻子，装作没听见。

这边陈秋嵋挂了电话，一边在群组里布置搜查任务，一边随口问："你那个老板冯建斌，和你有仇吧？"

周檐看了眼前面的出租车司机。

陈秋嵋："以后告诉我是吧？行行行，我就随口问问。"

两人打着车，这回从卢镇的另一头靠西南一边下的车，一下车就看到那栋被爆破的楼。事情过去几个星期，这里仍旧一片狼藉——因为社会影响较大，事件几乎一发生就引起各界关注，所以后续工作已全部停摆。

夜色里，被压塌的平房也仍旧保持着当时的状态，砖瓦散乱。张乘已经等了一会儿，这会儿赶上来上上下下扫了一遍陈秋嵋，只找到额头上一张创可贴，总算是松口气，低声说："布置好了，人还没出现。"

周檐朝后面一看，果然，平房后面的街道里，有好几个人已经蹲守在那里，她低声问："我以为你要去抓那个姓廖的，来这儿干吗呢？"

陈秋嵋："你觉得他是凶手？"

周檐若有所思。

陈秋嵋不说话，过去找了个角落把手机按灭、调好静音，坐下来不动了。也不知道为什么，周檐也不自觉地坐到她身旁，两个人在凌晨的秋风里靠在一块儿，周檐抓过陈秋嵋的手，往手心里按了按。

陈秋嵋用眼神问：干吗？

周檐用口型说：看手相。

陈秋嵋也一字一字用口型回：看出什么了？

周檐说：神探。

陈秋嵋熟练地翻了个白眼。

就在这个时候，远处有人影晃动。

这个口子，属于卢镇边界，比较偏僻，路灯还是坏的。这人手里还有工具，在黑暗中慢慢地靠近这一堆废墟，开始奋力地挖什么东西。

平房的残留物很杂乱，这人似乎挖得很小心，也控制着尽量不发出太大的声音。他的右肩动作幅度一直很小，好像抬不太起来，这大大拖慢了他的动作。尽管如此，大约过了半个小时，他似乎从那堆杂物底下挖出了想要找的东西。

陈秋嵋无声地站起来。

她身后的人立刻有了反应，和她一起冲上去，将那人紧紧地按在了那片废墟上。

强光手电亮了起来，周檐看到了那个人的脸。

陈秋嵋叫他："廖启生。"

男人转过头来，没有任何表情地盯着她，陈秋嵋不为所动，戴着手套的手把他手里紧紧攥着的布袋子慢慢地打开。

里面赫然是十几根一指粗的塑料自锁带，有的上面还带着黑色的不明污渍。

09

【11月 08:16 凶手】

真正的廖远生是在家里的地窖中被发现的——他家里那小崽子因为几根冰激凌，放任自己的叔叔把自己亲爸绑了，一声都没吭，也是个人才。

廖启生在老父旧宅里找到的塑料自锁带，是陈秋嵋叫人一早挖出来后故意放在浅表的地方让他发现的，要不然，凭他废了一半的这条胳膊，估计再挖个几天也挖不出来。

自锁带上检验出了屋主廖方钟、其子廖启生的皮屑残留，以及之前 11 位死者的 DNA。还有 2 条没有匹配成功，这意味着还有 2 名死者至今未被找到。

震惊 D 市的柏家桥连环杀人案，主犯竟然是一位独居老人，而这穷凶极恶的凶手，最后竟阴差阳错地死在一次爆破事件里，实在叫人意想不到。

廖启生被抓后并没有进行狡辩，他说从母亲死后，父亲的暴力倾向愈加严重，长期殴打他（兄长廖远生被寄养在外祖家）。后来他父亲无意中用自锁带勒死一名旅人后，便再也无法控制自己的变态欲望，开始尝试用这种手段杀人。年轻的廖启生因为害怕自己成为目标，所以一直在协助他父亲实施这些犯罪，而他身体里潜在的暴力因子也因此逐渐开始冒头。

他甚至开始享受父亲这种无差别的屠杀，作为帮手的他，即使自己是无力的，但仍能从父亲屠戮旁人的过程中获得暴力的满足。在父亲意外身亡后，他无法控制地暴怒，甚至偷偷跟上始作俑者公司派来的代表周檐，企图重演他父亲那残忍的手段——可惜的是，他并不是他那双手正常的父亲，而是一个因为童年被过度殴打、罹患严重肩水肿的病人。

而想要拿回父亲作案证据的他，最终被警方当场抓获。

周檐作为被害人，当然没有机会参与审讯过程，陈秋嵋这一整天都很忙，于是周檐自己去笔录上签完了字，没来得及和她打招呼就匆匆离开了分局。

两个月后，冯建斌的秘书在与人进行非法交易的时候被捕，交易金额 200 万人民币，交易人的丈夫是一个板材车司机，前几日刚在医院咽气。

而这个司机遗留的部分聊天记录，证实了冯建斌的秘书涉嫌经济犯罪加买凶杀人，一时引起轩然大波。而科立也陷入丑闻，爆破事故被证实有人为因素，火灾是因为屋主不愿搬迁而故意为之，等同故意杀人。

冯建斌早已潜逃，其党羽分散流窜在省城各地，分局调派了一个小队，与特警一起预备展开抓捕。

给陈秋嵋传达任务的还是之前几个月一起去市局开会的林局。

林局说："案子目前是省公安厅经侦队跟进的，因为跨了好几个省，冯建斌这个人又胆大心细，不好拿捏，后来还是安插了卧底，才找到的关键性证据。你过去记得好好配合，别有漏网之鱼。"

陈秋嵋心不在焉地"哦"了一声。

她和几个同事坐火车入省城，一下车，张乘看到来接的人，"啊"地叫出了声："你……你是那个……"

一个高挑的、穿着便服的女人站在那儿，大大方方地跟几个人打了个招呼。

陈秋嵋："你好。"

"经侦 1 队，周衍。"对方伸过来一只手，牢牢握住了陈秋嵋的手，"幸会，陈组长。"

她接过陈秋嵋手里的行李，两个人很自然地并肩走在了前面，把其他人远远落在后头。

周衍笑着说："没什么别的要和我说？"

"有。"陈秋嵋也不客气，"我借你那双鞋呢？"

周衍："在家呢，一会儿跟我回去拿？"

陈秋嵋无所谓地道："行啊，你还得赔我辆车。"

"也行。"周衍笑了，"远道而来，你说了算。"

"你好，认识一下，我是法学院覃问兰。"

"你好，我是法学院大一新生洛慕青。"

The beautiful butterfly in my life.

Butterfly effect

※

XIN/DONG/BEI/LUN

正义之辩

清冷毒舌讼棍师姐
×
蠢萌正直律师师妹

CHAPTER 03

正义之辩

文 / 朱奕璇

永远的理想主义专业在读生。见识过天高地厚，却仍是一无所知。
见字如面，感谢相逢。

Butterfly effect

00.
bpm

夜幕四起的工业园里，限速指示牌隐没在黑暗中，一辆亮红色的豪车如迅雷般猛地驶出，随着一声凄厉的急刹车，车前一个身影远远地飞了出去。

那是个妙龄女孩，一身白裙被迸溅的鲜血染红，飘飞的衣角在夜色里蝴蝶般散开，随后由于沉重的引力而重重坠地，沉闷的血肉落地声和清脆的骨头折裂声撞在一起。

亮红色豪车的车主调转车头，开足马力飞驰而去，甚至没有开门查看一下被撞倒的女孩的情况。

那个女孩趴在地上，手指无力地抽搐了两下，瞳孔渐渐散开。

夜色下，只有蝉鸣声仍在喧嚣。

01

上班时，洛慕青刚推开律所大门，就看到一个中年男人直挺挺地跪了下来。

——一定是没睡好，开门姿势不对。

洛慕青面无表情地关上门，再打开，男人依然跪在那里，朝律所内一位大律师磕头，这位律师姓罗，是律所创始人兼合伙人，人称铁面修罗。

男人旁边还跟着一位中年女人，两人看起来像是夫妻，女人正举起手机录像。

男人声音颤抖："求您接这个案子，您不接我就不起来。"

铁面修罗显然见惯大事，先转个了头找好了录像镜头，随后非常利索地跪了下来，和那位中年男子对磕，真情落泪的一幕在小破手机的垃圾镜头里也显得格外动人，一看就是个练家子了。

俗话说得好，打不过就加入。只见罗律动情地啜泣："我们也只是个小律所啊，真的接不起啊。"

录像的女人傻了。

罗律找准时机，抬头朝杵在门口的洛慕青使了个眼色。

洛慕青：真遗憾，还想再多听铁面修罗哭两声。

眼看着上司的眼色变成了眼刀，打工人洛慕青连忙上前，把地上情绪激动的中年男人扶起来，又将两人带到了客户服务中心隔间的沙发上。

中年男人压抑地低着头，青筋暴起的双手攥握成拳，压在大腿上，他的脸颊和眼睛都通红着，眼泪几乎滚下，局促又绝望。

罗律坐在中年男人对面，恳切地开导着，小律师们退开，让两人独处。

"发生什么事了？"洛慕青问。

同事小声解释："他们女儿没了，肇事司机跑了。"

"这不应该很好查吗？"洛慕青不解，"看看录像和车牌号，总能查到的，而且责任一般都比较清晰。"

同事回："查了，说那天下雪机器故障，录像没了。"

这就是为什么他们刚刚演了那一出对拜，估计是罗律琢磨着这案子烫手，想拒，夫妻二人没有什么有力的武器，索性就录像磕头，想后期以舆论要挟他们律所接案。

洛慕青短暂地沉默了片刻："谁干的？"

"目前没有任何明确证据，别瞎猜。"同事拍板似的结语了。

隔间玻璃门被拉开，谈话已经结束了。夫妻二人沉默地往外走，面色惨然。

罗律无奈地说："那个工业园的客户也是我们律所案源之一，我们律所也不是什么红圈大所，只是个本地小所，要靠这里的人脉吃饭，实在是得罪不起，麻烦你们另找高明吧。"

两人木然，没听见似的往外走，背影萧索。

洛慕青来回看了看场中的人，同事们都低下了头，有事的忙事，没事的看手机。

她冲了出去。

"小洛！"有个同事刚要去拽她，却被罗律伸手拦住了。

罗律轻描淡写道："他们本来就是来找她的。"

他眯着眼看那个远去的背影，一如既往地决绝，让他想起几年前入职面试那天，洛慕青简历上空空如也，没有任何实习经历，只有一段学校法律援助中心的志愿服务，长达四年。

其实这颇令人惊奇，因为几乎没有人能在大一就进入政大的法律援助中心，想必其中有人替她出过一份力，但她看起来并没有意识到这一点，正如她也没意识到自己并非由 HR 面试，而是由律所创始人兼合伙人亲自面试。

面试时，他问："你为什么学法律？"

女孩儿圆圆的、稚气的眼睛闪闪发亮，那是一个典型的、会让很多人哑然失笑的学生气的回复："为了追求公平和正义。"

当时的罗律看着洛慕青，突然想起了三年前的另一张脸，彼时场景相似，他作为律所合伙人亲自面试，将她招入律所。

那张脸上曾经闪过与眼前人一致的、对信仰笃信的温柔辉光。

两个小时后，洛慕青回到了律所。

"接了？"铁面修罗斜睨她。

"接了。"洛慕青讷讷道。

"以个人名义接的，还是以律所名义接的？"铁面修罗眼睛累了，换了个角度斜睨。

"个人。"洛慕青作鸵鸟状低头，等着接受进一步批评教训。

"行了，你走吧。"

洛慕青像是被兜头浇了一盆冷水还被踢了一脚的小狗："那我现在就去办离职手续。"

"谁要你离职了？"罗律没好气地说，"我是让你去办案，你刚刚跑出去跟那对夫妻互诉衷肠的时候，我已经让人把这个案子的资料初步整理好了，就放在你桌上，自己先去看看，然后再去警方那边对接。"

"您不开除我？"小狗被吹干了毛，还被赏了一小盆粮食，眼睛里简直要冒金星了。

这小孩儿，都不会怪别人冷血。

罗律无声地笑了笑，警告道："这次算你私下接案，与我安康律所无关，虽然这事儿违规，但我就当不知道，也不举报你，不过平时律所的活儿还要干，要是时间冲突导致翘班，算你旷工，扣工资。"

洛慕青点头。

"对了，还有个事儿要告诉你。客户认为肇事嫌疑人是工业园最大的科技公司老总的儿子郑鹏，打算起诉他，郑鹏估计心里有鬼，已经找好了应诉律师并且放出风声，让他们够胆就来告。那个律师你应该认识，是你大学师姐，圈内也很有名。"

"谁？"洛慕青心里打鼓。

罗律意味深长地说："覃问兰。"

02

用师姐两个字来形容覃问兰显然是太避重就轻了。

对于洛慕青来说，这世上有上千个师姐，但只有一个人是覃问兰。

两人毕业于同一所政法大学的法学院，覃问兰早她三年入校，洛慕青大一时，覃问兰就已经是大四的老人了。

当时的覃问兰是政法大学的风云人物，满绩、国奖、校辩论队队长、校长奖学金……堪称各个方面都无可指摘的优秀学生。

毕业时她放弃了保研，被某红圈所合伙人点名招入，年薪高得羡煞旁人；而洛慕青只是个普通的大一新生，甚至连校辩论队的选拔赛都黯然落榜。

洛慕青最初知道覃问兰是在一次学院组织的经验分享会上，她是主讲，那张顾盼从容、秀丽清俊的脸让无数人在梦里回想。

坐在台下的洛慕青，和无数个普通的师弟师妹一样，只能默默地仰望着她。

虽然在同一个学院，但她们交集极少，只是偶尔会在路上擦肩而过，在当时的洛慕青心中，覃问兰是难以接近的仰望的对象，遥不可及。

她们相识于一场辩论赛。

政法大学每年都会举办一次盛大的辩论赛，名为"思辨杯"，校辩论队、各个院辩论队，以及每个校级社团都必须派出代表队参赛，而其他学生则可以自由组队参赛。

当时，洛慕青刚刚落选了校辩论队的招新，就憋着一股气和同班同学组了个小队报了名，侥幸通过初赛，进入第二轮后，她们碰上了覃问兰。

第二轮比赛在大礼堂进行，那场辩论赛座无虚席，台下大多都是赶来看覃问兰的迷弟迷妹。当时的辩题是"法律的价值是否在于贯彻正义"，洛慕青是正方，覃问兰是反方，她们都是四辩，在辩论赛中负责结辩。

无论时隔多久，洛慕青都能清清楚楚地回想起覃问兰当时那张神采飞扬的脸，以及那种对信仰笃定的温柔坚定的辉光，哪怕她是反方。

覃问兰将长发挽成一束，发尾别了一朵紫鸢，游刃有余地总结着辩题，偶尔还能调侃两句业内实情，落座时赢得满堂喝彩。

相比之下，洛慕青就显然要差劲许多，她磕磕绊绊地说完了自己的结辩，没有任何有力的论点，全程都在重复"正义是一件多么理所当然的事情"，坐下时还因为紧张而碰翻了桌子上的矿泉水瓶。

他们毫无疑问地输了。

评委老师宣布结果时，洛慕青正深深埋着头，红着脸窘迫地发呆，只觉得这是人生中最差劲的一天。

"获胜方是反方'校辩论队代表队'。"老师说，"最佳辩手是正方四辩洛慕青！"

洛慕青满脸都写着不可思议，晕晕乎乎地站起来向大家鞠躬致谢，抬起头时正好看到覃问兰微笑着为自己鼓掌，那一瞬间似乎整座礼堂都不再重要，所有如雷的掌声里，只有这一人的声音格外清晰。

散场后，队长兴奋地嚷嚷："我们拿到了最佳辩手！"

洛慕青嘟囔道："只是老师照顾新人而已，估计是不想让我们输得太惨太难看。"她低下头收拾东西。

"即便如此，最佳辩手也只有一个。"一个声音从头顶传来。

洛慕青愣了一下，抬头看去，是覃问兰，她笑着站在那伸出手，像是梦境照进现实。

"你好，认识一下，我是法学院的覃问兰。"

洛慕青握住了那只手："你好，我是法学院的大一新生洛慕青。"她悄悄地凝视着覃问兰的眼睛，在心里补全了不敢说出口的后半句：一个仰慕你很久的人。

辩论赛后，她们交换了联系方式。

洛慕青是个自来熟的话痨，时不时就消息轰炸覃问兰，覃问兰虽然话少，说得不多，但每条回复都直击关键点，鞭辟入里。

聊得久了，两人渐渐熟起来，某次约在咖啡馆见面聊天时，洛慕青跟覃问兰透露了一个秘密："我输掉那场辩论赛后，晚上睡觉前偷偷地哭了。"

覃问兰很奇怪："我不觉得你是这么执着于输赢的人。"

"我不是。"洛慕青说，"但那场辩论赛可是有关法律和正义啊，怎么可以是反方战胜正方呢？"

"……怪不得。"

"什么？"

"你结辩时几乎没什么像样的论点，全程都在阐述'法律就应该和正义绑定在一起'这件事。"

"这难道不是理所当然、天然得证的事情吗？"洛慕青执拗地道，"我就是为了贯彻正义才报考了法学，你难道不是吗？"

她之所以如此仰慕覃问兰，并不仅仅因为对方的优秀，还因为覃问兰每次谈起与法学相关的事情时，脸上总有一种闪耀的、温柔而坚定的神采，那是对自己的专业和信仰无比笃定的辉光，是一个人的精魂所在。

覃问兰轻轻笑了起来："没错，我也是。"

进入下学期，两人都忙了起来。

覃问兰忙于毕业论文和工作实习，洛慕青则忙着法律援助中心的工作——她通过了法援的志愿者面试。这简直像个奇迹，因为法援基本不招收大一大二的学生。

法律援助中心的工作是给雇不起律师的校内外人士免费提供法律服务，主要是法律咨询，已经通过法考的师兄师姐也会接一些简单的案子。

洛慕青知识储备不足，只能在法援里干些最基本的活儿，整理资料、跑腿打杂、后勤服务……她任劳任怨，每个案子都尽心尽力地跟到底。

临将毕业前，覃问兰约洛慕青出来见了一面，她们一起拍毕业照、吃散伙饭，最后，洛慕青提着覃问兰的行李，将她送到了学校大门门口。

风声微微中，两人相拥道别。

"我在业界等着你。"覃问兰一如初见时那样辉光毕露，也像初见时那样伸出了手，"一定要来。"

"一言为定。"洛慕青紧紧握住。

然而，覃问兰失约了。

她依然在业界，但却不再等待洛慕青。

覃问兰毕业一年多后，就传出了她为某不法大佬辩护的消息。律师执业时的考量与世俗道德的标准不同，哪怕是罪大恶极之人也该有人为其应有的权利辩护。

所以一开始的时候，大家也并未觉得有什么问题。但渐渐的，越来越多的传闻说覃问兰跨过了"那条线"——她不仅仅是为那些人"应有的权利"辩护，还用那副伶牙俐齿去钻法律的空子，为她的客户逃避制裁，哪怕他们犯罪的事实如板上钉钉。

而且，她与郑飞，一个臭名昭著的富商，走得很近，为他辩护了许多案子。似乎只要能拿到钱，她就什么都不在乎。

法学院的老师们渐渐不再提起覃问兰，不再把她当作优秀毕业生代表来标榜。

在红圈所的律师群体里，覃问兰渐渐变成了最不被认可的那一小撮人，说难听点就是"讼棍"。她专接为世俗意义上的"恶人"辩护的案子，胜率还不低，每每都能翻案或至少争取到减刑，以至于常常引起公愤，但她给出的每一条辩护理由又都完全符合法律法规，让人虽然对她恨得牙痒痒却无从下手。

覃问兰打的官司越多，名声越大，讨厌她的人就越多，但捧着钱来求她打官司的人也越来越多。讨厌她和有求于她的人各自都能组成一个加强连，但曾经喜欢她的人都渐渐离开了。

只有洛慕青还坚守着。

她不相信，那个脸上闪着温柔坚定辉光的人，那个笑着对她说"我也是"的人，会变成一个什么都不在乎的讼棍。

洛慕青不断给覃问兰的账号发消息，但一切如石沉大海，再无回音——覃问兰毕业一年后，就扔掉了之前所有的联系方式，换了新的。微信里，属于她的那个头像永远安静地躺在洛慕青的列表里，像是一抔死去的旧日灰尘。

洛慕青奋力地成长着，在时光长河里前行，大二、大三、大四……最终她也站在了毕业的关隘上，曾经那个笨拙、普通、蠢兮兮的小师妹成了优秀毕业生。

她甚至通过了安康律师事务所的面试，毕业后就可以正式入职，这家律师事务所虽然不是红圈所，但创始人"罗律"曾经是红圈所的合伙人，在业内的地位很高，洛慕青在入职面试时见过他，看起来是个笑面虎。

离校前夕的深夜，她孤身一人穿着学士服穿行在偌大的校园，走过那些曾经两个人并肩而立的地方，走过她们曾激烈辩论过的礼堂，最终走到两个人许下诺言的校园门口。

大门无声地矗立着。

洛慕青拿出手机，进入微信，点开那个熟悉的置顶头像，轻轻发了一条消息——

"你已经不再等我了吗？"

寂静的深夜里，只有风声微微，无人回应。

03

被撞死的女孩儿名叫秦慧慧，研究生刚毕业，通过校招进入工业园工作，就职于郑鹏父子的无人机科技公司，出事前是郑鹏的贴身秘书。

秦家父母怀疑是郑鹏下的手，原因就是之前郑鹏追求秦慧慧，在被断然拒绝之后还多次派人跟踪、威胁秦慧慧。

事发当夜，有附近的住户依稀在路上看见过一辆亮红色的豪车——那是郑鹏平日里最爱的座驾，而事发之后他再也没开过那辆车。

了解到这里，洛慕青单凭猜测就可以拼凑出一个完整的案件链条，但唯一的问题就是缺乏铁证——没有口证明确的目击证人，没有那辆豪车的下落，甚至没有监控录像。

一整天，洛慕青一直熬在座位上看材料、打电话，甚至没有午休，她一闭上眼睛，脑海里就会浮现出秦家父母通红的脸，比当年催她改毕业论文的导师还要吓人。

晚上七点，已经过了下班时间，同事们三三两两都离开了，只剩下几个为数不多的加班狂魔还在敲键盘。洛慕青实在是累极了，忍不住在工位上趴了一会儿，眯着眼刚准备会周公，就被一声轻咳拉了回来。

洛慕青微怒："太累了睡一会儿都不让，还有没有人性了——"

顶头上司罗律正笑眯眯地看着她表演。

洛慕青生硬改口："——居然让我睡了这么久都不干活！"

她后知后觉的脑壳终于转过弯来："但我下班了！"

罗律看够了她川剧变脸，抱臂道："对方的辩护律师覃问兰约你见面，地址是良辰咖啡馆七号桌，今晚七点半，也就是半个小时之后，你现在打车过去还来得及。"

话音一落，洛慕青就抱起桌面上乱七八糟的材料冲到了门口，只来得及留下一句凄厉的谴责："你怎么这么晚才告诉我！"

铁面修罗笑出了眯眯眼，气定神闲地回道："我早上使眼色叫你扶走跪在地上的秦爸爸，你也没那么快过来呀。"

还在大学时，洛慕青无数次设想过和覃问兰重逢的场景。

在她的幻想中，她们将会相逢在一个特殊的时刻，比如说洛慕青功成名就，在业内的名气远远超过了覃问兰。她们像琼瑶剧的主角一样登场，一眼就从茫茫人海中将彼此认出，覃问兰眼含热泪地跟她抱头痛哭，忏悔自己冷落了洛慕青，洛慕青眼含热泪地原谅了她……

但事实却是，重逢时，洛慕青甚至没能认出覃问兰。

良辰咖啡馆七号桌，一个女律师静静地坐在那儿，她戴着墨镜，短发利落，整个人看起来像一块锋利的镜子碎片。

坐在七号桌的人应该就是覃问兰，但看起来却如此陌生。

"呃，你好？"洛慕青尴尬地打了个招呼。

覃问兰摘下墨镜，展露出的眉目秀丽清峻，但看起来仍旧如此生疏："不认得我了吗？我是覃问兰。"

洛慕青尴尬地解释道："啊，你换了造型。"覃问兰不再像大学时那样将及腰长发挽成一束，再在发尾扎一朵鸢尾花，而是剪成了短发。

"你倒是一点都没变。"覃问兰神情自若地双手交叉,"好了,叙旧结束了,直接进入正题吧。

"如果我没猜错,这个案子也是你主动接的吧,这可是业界几乎所有人都避之唯恐不及的烫手山芋,我想罗律也不会轻易接的。"

"你认识罗律?"洛慕青一愣。

"我毕业后入职的那家红圈所的合伙人就是他,当初就是他点名将我招进去的。"覃问兰敲了敲桌子,"别回避问题。"

洛慕青垂下眼,她并不想这样正面和覃问兰起冲突:"这个案子是我主动接的,法律的价值在于贯彻正义,明明就是郑鹏他们做错了,却不允许秦家父母伸张正义吗?"

覃问兰也垂下了眼。

"你知道吗?我之前幻想过无数次我们重逢的场景,但没有一次是这样。"洛慕青的声音显得失望和厌倦,"你约我来就是为了劝我放弃这个案子吧。是不是想说这会毁了我的职业生涯?是不是想用你所在的红圈所的资源威胁我?还是要利诱我?"

曾经在大学时,她们也经常约在咖啡馆见面,但一直都是坐在一起畅谈法律、人生和未来。如今毕业后再次相约在咖啡馆,却是如此剑拔弩张地站在对立面。

"既然你已经预料到了所有我想说的话,并且给出了你的回复,"覃问兰平淡地说,"那就结束吧,我们法庭上见,希望你到时候也不会后悔。"

她果断起身，不知为何突然眼前一黑，身体微微一晃，向前栽倒。

洛慕青下意识地抬手扶住了她。

覃问兰投来一瞥，洛慕青别扭地避开眼神，但还是忍不住别扭地关心道："你怎么了？"

"工作压力大，身体透支严重，最近熬了好几个大夜了。"覃问兰平淡地说，"松开吧，我站稳了。"

"你怎么能这么不爱惜自己的身体？"洛慕青气极，"算了，我送你回家，你现在这样肯定不能开车，打车又不安全。"

"松手。"覃问兰声音冷淡。

"我不，除非你告诉我为什么违背了我们的约定，"洛慕青不肯松手，"而且我要实话，百分百的实话。"

覃问兰沉默了一会儿，叹了口气，服软了："我家地址是惠丰街重兴小区 4 单元 17 号楼。"

上了车，覃问兰似是倦极了，在车后座合了眼闭目养神，车窗上流映的灯火在她苍白清冷的脸上闪动。

洛慕青突然明白了为什么她没能认出这个自己曾无比崇拜的师姐。不是因为她年长了，也不是因为长发换了短发。而是如今的覃问兰脸上已经没了曾经那温柔坚定的辉光、生机和神采，像是一张精魂都枯死了的画，虽然依然美得惊人，但却再也不是曾经的那一幅了。

04
bpm

第二天，洛慕青踩着点进了律所，还有些睡眼惺忪。昨天她照顾了覃问兰一整晚，包括做夜宵、陪聊、监督睡觉，还有忍受覃问兰那冷淡的态度。

刚进律所，罗律就扑了上来："恭喜！铁证找到了！"

"什么？"洛慕青脑子还没转过弯来。

"铁证找到了。事发当夜郑鹏就把那辆亮红色豪车开到了他兄弟名下的废车厂，准备处理掉。但他兄弟贪财，想把车卖了换钱，就一直留着找买家，迟迟没把车报废。有名热心路人匿名向警方举报，刚刚警方已经查到了。"

洛慕青："热心路人？"

罗律咳嗽一声。

洛慕青感动道："世上还是好人多啊！"

罗律也被这傻孩子的智商感动了："现在秦家父母、覃问兰律师和郑鹏都到我们律师事务所来了，想谈谈庭外和解的事情，就在客户服务中心的隔间等着呢，你快去吧。"

"我现在就去！"洛慕青搓了搓睡眼惺忪的脸，抓起衣服和材料就往外跑。

她跑到一半突然转头，才意识到罗律没穿西装，而是一身运动装，还戴了白口罩、扣了灰鸭舌帽、架了墨镜："罗律您——"

罗律心里一跳。

"——您着装品位挺好。"洛慕青顿了顿，咽下了批判的话，转头跑了。

罗律摸出手机，真心实意地给某人发了条微信："你说得没错，她是真傻。"

那人回道："呵。"

客户服务中心的隔间里，覃问兰气定神闲地坐着，有些人就是老天爷偏爱，随便一靠沙发就有时装大片的感觉。

洛慕青：敬畏。

郑鹏坐在覃问兰身旁，他是个其貌不扬的青年，有些微胖，唯一跟常人不同的就是气焰嚣张，高抬下巴，眼高于顶。

洛慕青暗自猜测他可能是落枕了。

秦家那对父母肩并着肩，憔悴得脸色蜡黄，看着郑鹏在自己面前耀武扬威。

郑鹏嚷嚷道："当时雪天路滑，我没超速！她横穿马路，我刹车的时候滑出去撞到了她，主要责任应该不在我吧？都没有监控录像，凭什么现在就给我定罪？"

洛慕青气得脸色冷峻。没超速？没超速能把人直接撞得当场去世？

秦父一字一字地道："法网恢恢，疏而不漏。"

郑鹏刚想反驳，就见覃问兰冷冷地横了他一眼，顿时悻悻地闭嘴了。

覃问兰淡淡道："郑先生十分同情秦家的遭遇，也非常理解二位此时的心情，但他并不希望闹上法庭，这样对大家都不好。他希望能庭外和解，郑先生愿出三百万，麻烦两位好好考虑一下。

毕竟，对于一个普通家庭来说，这并不是一笔小数字。"

洛慕青无言。

秦父果断道："绝不和解，我们绝不会拿钱卖闺女的命！"

覃问兰波澜不惊："这句话我就当没听到，麻烦二位回去再考虑考虑，真闹上法庭，也不一定能讨得到你们想要的结果。"

秦母气得浑身哆嗦，她狠狠道："你会有报应的！"

郑鹏不以为意地冷哼一声，电话却突然响了。

洛慕青手机微微一震，她打开，是罗律发来的消息：一位热心路人将出事当晚的录像带备份寄到了警局，郑鹏被警方紧急传唤。

这报应来得可真快，言出法随吗?

洛慕青：敬畏。

郑鹏得意不过三秒，一时间六神无主，当场表演了个川剧变脸。

"郑先生还有事，先告辞了。"覃问兰也接到了消息，当下不再耽误，利索地拽着郑鹏离开。

两人远去，秦母嘟囔："这世道真是搞不懂了，替仇人卖命。"

"仇人?"洛慕青一愣。

"就是那个女律师。"秦母道，"女儿出事之后，我们马上去查了郑飞郑鹏父子，发现大约五年前也发生过一起类似的车祸纠纷，肇事司机是郑鹏的爸爸郑飞，跟这次案子像极了，但这次比之前强点，当时那起案子什么证据都找不到。车祸中去世的人姓覃，就是这位覃问兰律师的爸爸。

"所以我们第一时间去找了覃律师，希望她能看在同病相怜的分上帮帮忙，没想到她毫不留情地拒绝了，却向我们推荐了你。"

"我们律所吗？"洛慕青有点反应不过来。

"不是你们律所，就是你，洛慕青律师。"秦父不好意思地笑笑说，"我们一开始就是来找你的，但我误以为那位罗律师是你，还闹了笑话。"

05

下午，洛慕青敲破了覃问兰家的门。

这事儿严格来说并不能怪她，她保证自己只是轻轻敲了敲，谁让覃问兰在门内一直不吭声，她敲的时间就稍微久了那么一点，哪想到门板直接从中间裂开，哗啦一下塌出一个窟窿。

窟窿内外，覃问兰和洛慕青面无表情，四目相对，相顾无言。

"对不起。"洛慕青果断忏悔，"我会赔你家的门的。"

"不是你的错。"覃问兰淡淡说，"我得罪了人，他知道我家地址，一时冲动砍了门，所以你碰几下就散了。"

从未见过这等场面的洛慕青害怕极了。

覃问兰依然没有让洛慕青进门的意思，她像是卸下了全身的重担，终于不必再撑，释然的疲态散开，眼睫半抬不抬，像条精气神都被抽干的咸鱼："你找我干什么？"

"我给你带了白粥。"洛慕青扬了扬手里的塑料袋，"你老是不好好照顾自己。"

覃问兰面无表情："就别打马虎眼了，你接了秦慧慧的案子，而我为郑鹏辩护，我不会告诉你我客户的消息的。"

"我不是。"洛慕青无奈，"你能不能先喝了粥再说？"

覃问兰置若罔闻，八方不动，犹如座钟。

透过门板窟窿，女孩儿圆圆的、稚气未脱的眼睛坚定地看着她，捧着那一碗粥，从窟窿那头递了过来，颇有种护士姐姐温柔慈祥但又不容拒绝地递药的感觉。

"我不喝，你就不肯走了，是吗？"

洛慕青坚定地点头。

覃问兰妥协地叹了口气，用另一只不受影响的胳膊接过了粥。

护士姐姐的慈祥光辉更强烈了。

"你为什么要接郑鹏的案子？"洛慕青忍不住问，"警方告诉我，你父亲也是因为郑飞出事的。"因为那场车祸，覃父当场死亡，但缺乏铁证，覃问兰选择了庭外和解，三百万，买一条命。

覃问兰看向洛慕青，苍白的脸上，那种精魂枯死的心悸感又来了，她极轻微地冷笑起来，像是一缕云气淌出嘴唇。

"我是个有名的、胜率够高的讼棍，他又出得起这份钱，我们一拍即合，你倒是告诉我，我为什么不接呢？"覃问兰面无表情，她的神色如此苍白，像是一戳就能破的纸，带着种践踏和杀戮自己的残酷，"不要太天真了，你这个傻瓜律师。"

洛慕青沉默了小片刻，道："你可能不知道，也可能不记得了。

"你大四我大一那年，我们在同一场辩论赛上相逢，都是四辩，你赢了，辩题是'法律的价值是否在于贯彻正义'。

"我一直仰慕着你，因为我时至今日都还记得你脸上那种对信仰笃定的温柔辉光，那一直让我心向往之。让其他人都在骂你讼棍的时候，我依然坚持认为你有自己的原则和底线，所以虽然你昨晚对我那么冷淡，我今天依然忍不住跑过来找你。我一直一直相信你另有隐情，哪怕你违背了约定、扔掉了联系方式，我也一直不断地给你发消息。

"但我现在才想起来，你是反方，你结辩的时候说——"

洛慕青闭上眼睛，仿佛又回到那座无虚席的辩论场上，站在她对面的那人长发束起，发尾别了一朵鸢尾花，落落大方地讲着结辩词："我们法学专业的学生中流传着一个古老的笑话，它说的是，如果你想研习正义，那你应该趁早离开法学院，去哲学院或神学院报到。"

之后，哄堂大笑。

洛慕青睁开眼，门板窸窣对面，此时此刻的短发覃问兰正凝视着她，用一种难以诠释的目光。

"我知道，我记得。"覃问兰说。

"我记得那场辩论赛，你蠢兮兮地站在对面，明明说不出像样的辩词，却比任何人的神情都要理所当然，像是觉得'法律的价值在于贯彻正义'是一件天然正确的事情。之后我们交换了联系方式，你跟我聊天时说你是为了正义来读法学的。

"你大一下学期就跑去法律援助中心做志愿者，你知道这堪称奇迹，因为我们学校的法援只从大三开始招人。但你不知道，你能进去是因为我跟法援的负责人说，你是为了正义来读法学。

她也笑着说你可真天真，却破格给了你一个面试的机会，考核了你的基本能力，你通过了。你也没有辜负任何人的期望，虽然法律知识不足，但每一个案子你都尽心尽力地跟到底，辅助大三的师兄师姐做好能做的跑腿、办材料等工作，任劳任怨，以至于你什么实习都没有参加，大学四年都耗在了这里。

"你毕业后，去安康律师事务所求职，你很高兴，也知道这很难。但你不知道这是因为我认识罗律，给他打了个招呼，所以他才破格给了你面试的机会，原本你实习经历太少根本不够格通过简历初筛。

"你没注意吗？你不是由 HR 面试的，而是由罗律这个事务所创始人兼合伙人面试的。当年我大学毕业后就被合伙人亲自招进了一家红圈所，那个合伙人就是他。后来他因事退出，重新创办了安康事务所，但我们一直有联系。

"我还知道你大三时又参加了思辨杯而且打进了第三轮，知道你大四毕业时拿了优秀毕业生。你知道为什么我知道这么多事吗？你以为我扔掉了之前的联系方式，但其实没有，我只是再也不敢回复你的任何消息，你发的那些消息，每一条我都收到了，也都看到了。

"罗律跟我说，你是一个很好的律师。在咖啡馆那天，你没有认出我，因为我已经变了太多。但我第一眼就认出你了，因为你一点都没变。

"你这个学生气严重的、天真到无可救药的傻瓜律师。"

她的眼神居高临下，锋锐决绝，像是站在万丈高远的雪山上回望这个小师妹，而后者犹如尘埃，不值一提。

覃问兰扬手，将白粥连盒带袋子自窗窿扔了出去。

她冷冷地轻声说："快滚吧。"

06

失魂落魄的洛慕青捧着一袋白粥离开了覃问兰家。

她在覃问兰小区门口的冷风里呆呆地站了许久，才想起来要去警察局。

录像带到手，肇事车辆被查封，郑鹏已经走到了绝路。洛慕青下班之前，秦家父母约她晚上一起去警局看录像带。

等她风尘仆仆地抵达时，秦家父母和罗律都到了。

罗律皱着眉头看她："你怎么了？看起来像是丢了魂。"

洛慕青只是摇摇头，没有说话。

秦父说："既然人都齐了，那我们就开始吧。"

录像缓缓播放。视频里，郑鹏和秦慧慧二人在路边争执，郑鹏大声威胁秦慧慧如果不跟他在一起就撞死她，秦慧慧猛地甩开他的手往前走，郑鹏怒火中烧地上车，车辆在夜色中向秦慧慧疾驰而去。

录像里一声闷响，白裙子变成翻飞的红裙子，秦家父母抱头痛哭，洛慕青也悄悄红了眼眶。

罗律安慰她："开心点，这案子你赢定了。"

洛慕青微微笑了一下："多谢罗律，要不是你这个'热心路人'，我们赢不了。"

罗律挑挑眉毛："你怎么知道的？"

洛慕青："这不是一目了然吗？"

罗律见身份暴露，索性摊开说了："是我小看你了。确实，我就是热心路人，是我乔装打扮通知了警方豪车的去向，同时让覃问兰他们几人来我们律所对峙，以牵制郑鹏不让他跑路，并趁机匿名向警方提交了录像带证据。但录像带和豪车的两大证据都不是我自己拿到的，是别人交给我，让我转交警局的。"

洛慕青傻了："你是那个热心路人？"

罗律见她表情，心知不妙："你不是猜出来了吗？"

"我是开玩笑，戏称你是一个热心的路人，由着我去接了这个案子，还让同事们帮我查资料，自己也帮我忙前忙后。"

两人大眼瞪小眼，罗律无言以对。

这瞎猫碰上死耗子，真是没处说理去。

"是谁把证据给你的？"洛慕青问。

罗律叹息一声，便也不瞒了，大大方方地说："是一个后辈老朋友。当年我还在某红圈所做合伙人，招了她进去工作，没想到她后来遇到点事，事务所弃卒保帅，劝她放弃某个案子，不要打了。她放弃了，而我咽不下这口气就走了，转而创立了现在的安康事务所。我本以为她早就被磨平了棱角，没想到是一直蛰伏到现在。"

洛慕青的眼睛慢慢睁大，她拼命压抑住心里翻涌的感情，问："那个人，是不是姓覃？"

罗律撇撇嘴："别诈我了，我不会说的。"

"不是诈你。"洛慕青摇头，"就刚刚，今天下午，我去找覃问兰师姐，她跟我说了她的过往经历，跟你所说的这位'后辈'完全对得上。"

"……确实是她。"罗律有点尴尬地点点头，事到如今，他索性将真相讲了出来。

"问兰毕业被我招进那家红圈所后没多久，她爸爸就被郑飞蓄意撞死了，郑飞逼她庭外和解，还威胁说，如果不和解，他将带着当地整个工业园的案源投奔另一家跟我们对立的律所。那家红圈所底蕴很深，并非没了这些案源就活不下去，只是在本地没必要得罪地头蛇，多一事不如少一事，而且他们觉得问兰这个案子缺乏铁证，本就难打。

"于是，律所决定，要么问兰选择和解，要么辞退她。我和其他几个合伙人谈了很久，但他们态度很坚决，于是我喝了一夜的酒，离职了，独自创立了安康事务所。而问兰心平气和地撤了诉，拿了郑飞的钱，剪了短发……之前的那个她就那么没了。"

罗律叹了口气："但她几乎不会跟其他人说起过往，是出什么事了吗？"

洛慕青也面露尴尬："我砸破了她的门板，算吗？"

罗律震惊地打量她："你有这么大力气？"

"不是我的错，她说有人找上门来，砍了她的门板……"洛慕青声音越来越低，当时覃问兰神情过于平静，以至于她忽略了这件事的严重性。

洛慕青心底一沉，拼图的最后一块，完整了。

覃问兰从来没有放弃过整治郑家父子，她染了一身脏污，被人骂作讼棍也在所不惜，她拼命地靠近郑飞和郑鹏，就是为了获得他们犯罪的真相和铁证。

毕竟，鲜少有人会对自己的辩护律师撒谎或是隐瞒证据，因为这会直接影响到案子的胜算。

秦家父母出事后第一时间就找上了覃问兰，覃问兰拒绝了他们，让他们转而去求助洛慕青，但覃问兰成了郑鹏的辩护律师，并且拿到了证据，托罗律匿名举报。

她手中绝不可能只有郑鹏撞人的证据，因为她早在前几年就已经获取了郑家父子的信任。

而她此刻拿出了郑鹏撞人的证据，显然已经是决心要鱼死网破了。

于是，在录像带被送到警局的当天晚上，洛慕青看到覃问兰家的门板被人砍坏，而无论洛慕青怎么说，覃问兰都不肯让她进门，从第一句话起就叫她离开。最后，那碗白粥连袋子一起被覃问兰扔出，洛慕青难过地走了。

她们隔着那扇门上的窟窿对望，覃问兰虽然疲惫却像是卸下了所有重担，再也不必强撑。

洛慕青突然想起什么，她翻出自己当初拿给覃问兰的白粥，袋子一角硬邦邦的。她打开袋子一看，除了白粥，还有一个小小的U盘，当时她失魂落魄，竟没注意到。

洛慕青慌乱地将U盘插入随身携带的笔记本电脑。

一个个文件夹展开，里面全是郑家父子违法犯罪的证据。

07

覃问兰平静地站在落地窗边，玻璃已经碎了，一如门板。

郑鹏被警方拘留后，郑飞就找上门来，他终于发现了覃问兰做的事，想到独子落到这个下场，一时痛彻心扉，怒火中烧。

覃问兰不肯开门，郑飞就抄起随身携带的斧头和刀具，疯狂地将门劈开了一条缝，顺着缝伸手进去打开锁闯了进去。

洛慕青前来拜访时，郑飞就站在覃问兰一侧，用刀抵住了她的后腰，轻声说："要是不想让我连她一起杀了，就让她走。"

于是覃问兰镇定地把洛慕青骂走了。

之后，郑飞不断地毒打着覃问兰，想逼问出其他证据的下落，但最终一无所获。覃问兰只是冷笑着回复他："在最安全的地方。"

——证据在她认为最安全的地方，一个她认为最靠谱最优秀的律师手上。

她相信，那人会妥善地对待那些证据，为她打一场迟到的、正义的官司。

终于，疯狂的郑飞将刀刃抵在了覃问兰的颈上。

此时此刻，两人站在窗边，夜风掀起衣摆，猎猎作响。

覃问兰垂眼一看，这是顶楼十三层，跳下去可能会粉身碎骨吧。她微微一笑，死死揽住郑飞，从破碎的落地窗纵身一跃。

自那夜起她便无处可走，在绝望的路上狂奔。背弃理想、失去信念、千夫所指、骂名所系、断送自己的前程……这些都无所谓，只为把罪人送去他应去的地方。

因为那是爸爸，因为她是女儿。

夜风呼啸，她闭上眼，想起高考填报志愿那天，满脸骄傲的爸爸嘱咐她说："要成为一个正义的、公平的律师！"

倏然落地，一声闷响。

bpm 08 ✿

覃问兰醒了，她像是累了太久，彻底乏力。

眼前一片医院的雪白，她躺在病床上，胳膊扎着输液管，病床边趴着一个人，见她微微动了，肉眼可见地兴奋起来，连珠炮似的发问："没事吧？还有意识吗？你还记得你叫什么名字吗？"

覃问兰皱起眉头，与其说是身体难受，不如说是被吵得难受："覃问兰。"

圆圆的稚气的眼睛瞟了过来，不安地问："你还记得我是谁吗？"

"洛慕青。"

像是等了太久终于等到希望，卸下重担的洛慕青孩子似的哭出了声来，一边抽抽搭搭地抹泪，一边嘟嘟囔囔地把后来发生的事情都讲了。

当她发现覃问兰的 U 盘后，马上就带着民警们赶到了覃问兰的小区，民警们眼尖地发现落地窗旁有两个身影，当机立断在楼下铺了缓冲垫。刚铺好，覃问兰就带着郑飞跳下来了。

两人当场晕了过去，但好在医院检查过并无大碍。郑飞已被警方收监，但覃问兰一直昏迷，医生说身体没事，可能是潜意识不愿意醒来。

直到如今。

"我看见你给我的 U 盘了，这些天我不眠不休地整理资料，郑飞的案子下个月开庭，我会给你一个很好、很好的结果。"洛慕青絮絮叨叨，"罗律说要被你吓死了，也帮着做这个案子，你醒了记得跟我们事务所补个合同，还有啊……"

覃问兰漫不经心地听着，只觉从一场长梦里苏醒，梦里她重见了那些旧事，一直细数到洛慕青的脸，小太阳似的一直烧着，照耀着她。

洛慕青不知道，正如她向往着覃问兰，覃问兰也向往着她——那样纯粹明亮的、撞到南墙也不肯回头的学生气，那样傻分分的、正直的坚持，是覃问兰信仰的初心。

她想起大学时的初见，那场关于"法律的价值是否在于贯彻正义的"辩论赛。

洛慕青只记得覃问兰结辩时那个关于正义的笑话，却不知道，这段话节选自彼得·萨伯为洞穴奇案新添加的九个观点之一。

那句话的后续内容是："我想，人们可能认为它是可笑的吧，或者它被用来嘲笑我们的职业。但我从来不这样理解这则笑话。法律在很多方面不同于理想中的正义，其中之一是，法律体现了特定时刻特定民族同意用来统治自己的理想正义，为了确保这种同意，法律必须接受每个人的个体理想所达成的诸多妥协。"

　　辩论场上，她们站在两方；但下了场，小师妹却走过来和她一起向前。

　　殊途同归的她们肩并着肩，走出座无虚席的礼堂，走向了更远的地方。

我希望你对我好，是因为我值得。

同一屋檐下的漂亮姐姐

Butterfly effect

CHAPTER 04

成熟漂亮护崽姐姐

×

口是心非缺爱小孩

同一屋檐下的
漂亮姐姐

Butterfly effect

可爱又迷人的美食文全职龙套，兼大火锅子品鉴协会终身会员。
@ 纳凉的温裘

文 \ 温裘

01

　　蔚然坐在出租车上，望着窗外飞驰而过的灯影，遥远的画面浮现在脑海。那时她还在上小学，母亲禁止她与那个男人有任何联系，甚至不接受男人给的抚养费，但她还是没忍住那份好奇，独自转了几次车后，来到了男人新家的门口。

　　她不敢靠近，只是在隔着一条马路的地方蹲下身子，透过道旁绿植的缝隙去看。男人还是那么潇洒，与红裙子的女人一同走出门去，女人的怀里则抱着一团小小的包被，里面是她的妹妹。她伸长脖子想再看仔细些，可那小小的生命被父亲遮挡着，被母亲呵护着，一直到他们的身影消失在道路尽头，蔚然都没有看到一丁点。

现在终于要见到了。

到达警局时已过了晚上十点。四下都黑漆漆的，只有两扇交错着铁栏的窗户内还亮着灯。蔚然进门的一瞬间，一种熟悉的荒谬感油然而生，短短半个月以来，她平静的生活一直在被打乱，先是父亲和继母因车祸双双过世，竟要轮到她这几乎从未一起生活过的"女儿"来料理丧事，现在又来了个从天上掉下来的妹妹。

想到这里她既有些想冷笑，又不免替这个素未谋面的妹妹担心——毕竟离家出走归来，发现自己父母双亡，甚至连葬礼都没赶上，这对于一个还在上高中的女孩来说还是太刺激了。

她下意识摸了摸口袋里的纸巾，不确定剩下的半包够不够擦去女孩的泪水。

但真当她与妹妹见了面，蔚然发现自己完全是多虑了。女孩蓝绿色的眼影还残留在眼皮上，与脱落的睫毛膏混合着糊成一团，过肩的黑发编了几股小辫子，此刻也乱糟糟的，她身穿吊带热裤和长筒袜，旁边的椅子上放着一个巨大的黑色背包，上面别满了五颜六色的徽章，好像刚参加完音乐节，放肆嗨过一番似的。

女孩站起身，冷冷地看着她，眼中满是桀骜，稚嫩的脸上却没有泪痕。

"钥匙。"她连个招呼都不打，见面就伸手，"我要回家，要拿东西。"

这是蔚然留的一手，葬礼结束后处理房产的时候，她特地换了门锁，这样有人回来想进去，就只能先找她。

蔚然伸出手："宋微明你好，我叫宋蔚然，是你父亲的长女，法律上你该叫我一声姐姐。"

她不知道女孩是因为什么离开的家，也不了解那一家人是怎样的相处模式，让女孩连一滴眼泪都不掉，但宋微明的抚养义务现在落在了她的身上，血缘纽带不由分说地将两个人绑在了一起。

宋微明没有握她的手，也没有出声，蔚然知道对方是在观察自己。这个小妹妹此刻一定觉得自己已经伪装得足够好，她伸出尖尖的爪子，露出满身的刺，眼睛里写满了提防和警惕，殊不知这副样子在蔚然看来，就像条小流浪狗，还是炸了毛的那种。

所以蔚然非但没退却，反而上前半步，拉出了她藏在身后的那只手，在柔软的手心处轻轻捏了一下。

宋微明的心猛地一跳，一时竟忘了挣开。

蔚然柔软的发丝随着低头垂落下来，她盯着宋微明闪烁的双眼，莞尔道："想要钥匙不是不行，但是得学会哄姐姐高兴，不然，掰了都不给你。"

02sh

宋微明被蔚然带回了家。

蔚然的家在一处老小区，但装修雅致，打扫得很干净，带客厅的小两室，开放式厨房旁放着张老榆木餐桌，冰箱和电视柜上都铺了针织的罩布，阳台挂着洗好的衣服，下面养着花——和她原来的家不同，是好好生活的样子。

只是安静得有些过分，随着蔚然按亮客厅的灯，屋内才有了声息。

宋微明没有那么自来熟地坐沙发，她在餐桌旁冷硬的木椅子上坐了下来，身旁依旧放着那只巨大的，不知道都装了些什么的黑色背包。

"这是我的睡衣，洗过的，你穿着可能有点长。牙刷和毛巾都是粉色的，放在浴室里了。卸妆水和卸妆棉就用我的，在壁柜里。晚上你睡我房间，我睡我妈房里。"

蔚然有条不紊地张罗着一切，还穿着睡裙去厨房烧了壶水，泡好了一碗香辣牛肉面。宋微明已经超过一天没吃饭了，香味扑鼻而来，她的肚子不争气地响了两声。

"我不吃你给的东西。"她紧紧抿着嘴角，"别以为我不知道你在打什么主意，你要是把我药死了，我爸妈的家产就都是你的了。"

蔚然捧着热气氤氲的泡面在她对面坐下来，也不生气，只是用那种让人不爽的悠闲口吻，哄小孩般道："原来你是这么想的呀，但你有没有想过，姐姐想要你家的家产，根本用不着这么麻烦。真要算计起来，八个你都未必对付得了我，未、成、年。"

宋微明吵架的话还在嘴边加载，就见蔚然拿起筷子毫不客气地吃起了泡面，竟全然不理一旁饿肚子的她。不吃的话已经说出了口，没有再变卦的可能，宋微明把小小的下巴抵在桌面上，两条胳膊抱着自己的腰，不让肚子再叫出声来。

"你很恨我们一家人吧？"未几，她还是没忍住，小声地问。

"恨啊，怎么不恨？"蔚然点点头，把面条嗍得震天响。

"那你还为他们搞那个……葬礼。"

"啊，那是因为成年人有成年人处理事情的方式。"又是一口面吸进去。

宋微明终于忍不住："你吃面能不能不要这么大声，明明长得那么……"

"那么什么？"

蔚然本就生得一双秀气的凤眼，一笑起来更是眯成了两弯月，眼尾微微上挑，温柔又知性。

"没什么。"夸赞的话她就不说了。

"宋微明，我不恨你。"蔚然抬眼道，"虽然我们现在刚认识，也谈不上喜欢，但说真的，我唯独不恨你。我们两个是一样的。"

宋微明转过眼去不看她："谁管你，你要恨我，我也没有办法……又不是我自己选择被他们生出来的。"她早就认命了，自己就是一个不负责任的男人和抢了别人丈夫的女人生下的孩子，但不知道为什么，这一瞬间她的眼眶有点发酸。

"说说你自己吧，为什么要离家出走？"

宋微明露出几分诧异，急道："我没有离家出走！只是放暑假了，他们又都不管我，我没什么事做，就和朋友一起加入了一个穷游的社团。"

蔚然敏锐道："暑假还没有结束，你怎么就自己先回来了？"

"我……"她支支吾吾，"我暑假作业还没写。"

"真乖。"蔚然笑了一声，起身拿走泡面盒子时，还不忘在宋微明头上摸了一下。

宋微明耷拉下睫毛——她说谎了。一开始出门时，她满脑子热血，跟着车队一路向南奔逃，她不知道父母有没有找过自己，也不是很在乎。

但这份冲动，在一个炎热的晚上被迅速浇熄。有人往她住的青年旅社的房间门缝里塞了一张纸条，上面写着想和她"处朋友"。她慌张害怕起来，因为车队里除了她以外，都是成年人，她就像动物幼崽嗅到了不安全的气息，整个晚上都没睡着，第二天清早便和领队告辞，独自返回了S城。

返程的路并没有去时那么安逸，她身上没有手机，只有一点钱，蜷缩在绿皮火车的角落里，像被世界抛弃了。

对于父母去世这件事，宋微明到现在都没什么真实感。这一切的冲击，甚至不如蔚然贴在门上的那张留言。好像这只是常年不在家的父亲的又一次离开，而母亲只是去找他，至于她，也早已习惯了躺在自己的小床上，独自入睡。

她得继续生活，她还要上学，她的房间里还放着攒钱买的专辑和没看完的漫画。

怀着这样的念头，她找到了公安局，又经由他们找来了那个同父异母的姐姐。她很清楚蔚然会怎样看待她，这些年来她已经被讥讽过无数次，更何况对方还是那件事最直接的受害者。宋微明也做好了被这个葬礼过后就迅速接手房产并封门落锁的决绝女人指着鼻子骂的思想准备。

但她还是太小了，还在上高中的宋微明不知道，这世上许多事都和她预想的不一样。

又一碗热气腾腾的面被放到她面前，蔚然在上面压上筷子："喏。"

宋微明忽然很想苦笑，她平时其实一点都不喜欢吃泡面，但这碗实在是太香了。

"我妈不会做饭，她就是现在说的那种……恋爱脑，是个傻女人。她自认为和那个男人爱得轰轰烈烈，把他从原配身边抢过来自己就成功了，但她不知道那个人的脚步也不会为了她停下，他总还要去找新的人。

"在我的记忆里，两个人要是都在家，那过不了多久就是要吵一架甚至打一架的，然后那个人就会摔门离开，我妈坐在客厅的地上哭，两三天之后就会去找他，一走就是半个月。我没有饭吃，只能一个人站在凳子上用燃气烧水泡面，有一次还烫伤了，现在胳膊上依旧留着块疤。"

她把胳膊伸出来给蔚然看，小臂内侧的一处皮肤上有浅浅的斑痕和浮起，被宋微明用彩色眼线笔画了个小星星，粗糙地遮挡住。

"我真的讨厌他们，讨厌死了这个家。"她狼吞虎咽地吃着泡面，没有想象中的香，带着一点苦味，"可他们，毕竟是我的爸爸妈妈呀……"

蔚然关上客厅的大灯，只留了一盏昏黄的落地灯照明。宋微明背对着她用力吸面，制造出巨大的声响，真的好难听。她在母亲房间的门口无声地站了一会儿，回想这些天发生的种种，假装没有听见吸面声中混杂的抽泣。

她没有告诉宋微明，之后也永远不会说，出事那天宋微明的父母其实是要去办离婚手续的。葬礼那天她听女方的律师讲，宋微明这孩子可怜，父亲母亲，哪边都不要她。

03

蔚然答应给宋微明钥匙，前提条件是她开门取了东西后要搬过来住。

宋微明摸不准这个女人的脾气，但也感觉到了她的掌控欲是真的很强。但叛逆期的少女也不是那么容易就服输的，她暗暗决定，这次一定不会被宋蔚然给拿捏了。

这天蔚然下班回家，刚走进单元门就有邻居阿姨凑过来，满脸不悦地嘟囔："蔚然啊，你家是怎么回事？从中午就开始闹，这楼上楼下都是老人，可受不了噪音的啊。你不是一个人住吗？"

蔚然想都没想，马上就明白过来是怎么回事了，提着购物袋和手包连连跟人家道歉，之后蹬着高跟鞋就上了楼梯。她家住在五楼，可刚上三楼她就听见一串电吉他的轰鸣，等真打开门时，音浪更是迎面冲过来。

不仅如此，原本装潢清新的客厅也被宋微明大大小小的手办模型、海报挂画给占据了，重金属摇滚相关的周边一个比一个有视觉效果，各种漫画专辑从原来的家里搬过来，她也不收拾，随便丢了一地。

对于蔚然进门这件事，宋微明也全然不知似的，顶着一头卷得乱七八糟的头发在客厅随着音乐尽情摇摆。可事实上她在意着呢，蔚然关门的轻重，走进来时的神态，往冰箱里放菜的动作，她都用余光觑得一清二楚。

要的就是这种效果——你不是想充长辈，非要和我一起住吗？那就看我们俩谁先受不了谁。

想到这，她的嘴角忍不住向上翘。宋微明觉得自己也变奇怪了，惹人生气有什么好玩的呢？可她就是想看总是从容淡定的蔚然发火的样子，那一定很精彩。

蔚然没有发火，她只是去房间里拿了自己的头戴式蓝牙耳机连上，然后把那专业玩意扣在了宋微明的头上。

"怎么样？比外放音质好吧？"她在堆积如山的杂物旁找了个地方坐下，又随手一个接一个拿起来看，"你喜欢哪个乐队？翻转月球？"

"你怎么乱动别人东西！"宋微明音乐也不听了，发泄似的把耳机扯下来，挂在脖子上，伸手就去抢蔚然拿着的单曲 CD。

蔚然才不会让她如愿，站起来踮着脚，利用身高优势将 CD 盒子高高举起："啊，这首歌是我作词的。"

"骗人……"宋微明呆住了，争抢的手都停在了半空中，那可是她最喜欢的一张单曲，可蔚然说话的样子又不像在胡扯，而她眼中瞬间闪过的崇拜，也出卖了上一刻的不服不忿。

"骗你干什么？"蔚然几步来到电视前，从电视柜里找出一张光盘放进 DVD 机中，按亮了电视。

下一刻，宋微明就看到了与她的期待不同，但同样精彩的蔚然。那时候的蔚然还没有烫这样一头柔软的卷发，画面中她长发漆黑，发间的一缕挑染成了耀眼的蓝紫色，眼线锐利地上挑。

随着舞台上灯光亮起，她一转鼓槌，面无表情地打出一连串充满力量的鼓点，紧接着，整个乐队跟着她的鼓点开始演奏，瞬间引爆了整场的气氛。

"我上大学的时候很喜欢架子鼓，和一群志同道合的朋友一起搞过乐队，还参加过巡演。当时翻转月球也刚刚成立，还不是很红，他们队长听了我给乐队写的词，很喜欢，就请我给他们也写一首。那是我当时的名字，Theo。"

不知道从什么时候起，宋微明和蔚然一起坐在了沙发上，还挤在了同一个角落。

"那后来为什么不打了呢？"宋微明问。

"那时候我和我妈在闹别扭，我把搞乐队当成对她的一种反叛，后来……没有观众了，也就不想打了。"

为什么没有观众了？宋微明知道这不是她该问的，所以她选择缄默不言，只呆呆看着电视里那个光芒四射的蔚然。

"我去做饭。"蔚然从她身边绕过去，语气轻快道，"今晚吃什么呢？你有没有什么忌口？"

宋微明没有吭声，独自坐在那里看完了整场演出，心中逐渐生出一股自惭形秽之感，她不得不承认，蔚然真的很厉害，好像只要她想做，什么都可以做好。

哪像自己，反叛都反叛得这样不入流。

但现实很快向她证明了，金无足赤，人无完人。上帝给蔚然打开了音乐和事业的大门，却为她关上了烹饪这扇窗。

"你到底行不行啊？"宋微明站在后面皱着眉头问，"你把锅盖盖上，盖上它就不溅油了！"

蔚然却怕得要命，拿着锅盖躲了老远，一副想上前又不敢上前的样子，还不忘在噼啪声中喊道："我是按教程做的呀，怎么会这样？"

最终还是宋微明夺过锅盖，勇猛地阻止了一场重大厨房事故的发生。

04

"那我就开动啦。"蔚然坐在宋微明对面，腼腆地夸奖道，"想不到我家小孩厨艺这么好，姐姐是该向你学习。"

宋微明冷笑："指望你，我们俩今晚就没饭吃了。"

金黄的煎蛋点缀着葱花，旁边摆着一盘红灿灿的油焖大虾，蔚然本来想着今天算是两人的第一顿饭，给宋微明露一手，做个大菜，结果到头来连虾线都挑不明白。

餐桌旁的落地灯发出黄色的暖光，两个人专心吃饭，一句话也不讲，饭桌上只能听到两双筷子和碗碟碰撞的清响。

"真不知道之前你是怎么过日子的……"

宋微明说完，心里又暗暗想，那自己原来又是怎么过日子的？

空寂寂的家里，到多晚都不开灯，肚子饿得不行了，才煮上一碗打发自己的菜，一边看着电视一边胡乱吃完，更多时候都是叫外卖上门。

现在，那座空房子里的女孩和这座空房子里的女孩，坐在了同一张餐桌的两边共进晚餐。

倒真像是一家人了。

打工人没有暑假，蔚然白天都在公司，有时还会加班，宅在家补作业的宋微明就承担起了买菜做饭这一重任。

对于蔚然，她心里始终存着一层芥蒂，并不是蔚然对她不好，而是她觉得自己这样的尴尬身份，白吃白喝地让对方养着，比让她在大马路上流浪都难堪。

次数一多，附近菜市场的阿姨都与她相熟了，每次都会告诉她哪些菜新鲜便宜，还会夸奖她小小年纪就能帮家里做饭，真是个踏实孩子。

每当这个时候，她就甩着马尾辫，露出无奈的笑："我有什么办法？家里的人不会做饭呀。"

两个女孩就在饭桌上逐渐熟络起来，聊学校，聊工作，聊喜欢的摇滚音乐，聊昨晚一起看的电视剧，聊新涂的指甲油……有时候也会拌嘴，宋微明吵得凶一点，但蔚然总是比她更有道理。

晚上，宋微明睡在蔚然的房间里，看着桌子上摆着的蔚然和母亲的合照，她常常会想，是不是她偷走了对方的那一份阖家欢乐的幸福。她原来的家里也是有这样的合照的，而且是三个人，只不过被妈妈撕碎了，用胶带也粘不回去，她不确定这两种残缺哪一种更让人失落。

　　这天蔚然下班格外早，宋微明还在客厅写作业，见她回来了就起身往厨房方向走去，边走边笑着说："今天我买了……"

　　"今天不在家里吃。"

　　蔚然似乎急得要命，只丢下一句话，便趿拉着拖鞋，小跑着钻进了房间里。

　　未关严的门内传来窸窸窣窣换衣服的声音，宋微明望着那条门缝，还没反应过来怎么回事，蔚然就换好了一条色彩清新的连衣裙走了出来。

　　宋微明盯着她锁骨间那条闪闪发光的细铂金项链，笑容消失在唇边："你有约？"

　　"对，有约。"蔚然不假思索地答道，挤到她身边，拿起全身镜旁的香水往左右两边手腕上各喷了喷，空气中顿时充满了甜甜的花香。

　　宋微明的心情却与之骤然相反，充满了突如其来的酸涩。这算怎么回事？是有男朋友了？有约就有约呗，可家里不是有座机吗？为什么不提前告诉她一声，难得她还买了蔚然最喜欢的嫩芦笋，打算晚上炒了两个人一起吃。

　　"我在餐厅订了座位，你不是明天就开学了吗？今晚我们出去吃点好的。"

　　蔚然边说边用刚喷了香水的手腕在宋微明的两颊蹭了蹭："好

了，这样就都香香的了。"宋微明偏头躲开，不知道是不是人年轻脸皮也薄，被揉过的地方顿时有几分泛红。她望着蔚然，两眼瞪得溜圆，还没等她细问，就被蔚然拉着细瘦的手腕一阵风似的出发了。

沿街的西餐厅装修风格复古，暖黄色的灯光静静打在棕红色的桌布上，音响播放着舒缓的音乐，角落里摆着架烤漆的黑色钢琴。

"您好，这是本店的菜单，您也可以选择手机扫码点单。"侍者给两人倒好饮料，放下纸质菜单，就礼貌地离开了。

宋微明坐在舒适的沙发椅上，手脚都不知道往哪摆，半晌还是没忍住凑过去压低声音问蔚然："这家一看就很贵的样子，真的没关系吗？"

蔚然把菜单打开，转过去捧到她面前，慢条斯理道："没关系，人就是要趁年轻，吃点好的，不然等变老了，牙掉光了想吃都没得吃。今天你做主，想吃什么就点什么好了。"

宋微明一边暗暗嘀咕，挣钱了真好，一边将整本菜单翻来翻去。以前妈妈都很少做饭，更不用说带她下馆子，她心里其实有好多想尝一尝的东西，看看这个，又瞧瞧那个，最终还是只挑了几道看起来好吃又不那么贵的。

她靠在桌上，用手托着脸颊，视线扫过窗外逐渐亮起的街灯，上一首钢琴曲放完了，切换成了一首她没听过的小提琴曲子，在这样的店里，情侣交谈都是低声絮语。

"这里的氛围真好。"她不由得感叹道，"我还以为你会和男朋友一起来。"

"我像有男朋友的样子吗？"蔚然像是听到了什么笑话。

"像。"宋微明在心里偷偷说，蔚然长得漂亮，性格温柔，工作也做得好，这样的人一定有很多人追求。

"对了，趁还没上菜，这个给你。"蔚然从包里拿出一只白色的长方形盒子，上面用浅蓝色的细绸绑了个蝴蝶结，"等菜上来了，正好可以拍下照片。"

宋微明打开盒子，只见里面放了一台崭新的手机，正是看电视时广告里播的那个款。

"现在高中生好像都有手机吧？平时你也能和同学聊聊天啊，发发朋友圈什么的。再说了，我想和你联系……也方便。"

宋微明拿起手机，多角度切割设计的手机背板在餐厅灯光的映照下格外璀璨，比电视广告里的还好看。按下开机键，没一会儿屏幕上便出现了锁屏壁纸，那是翻转月球第一张专辑的封面图。

"喜欢吗？"蔚然笑吟吟地看着她，戏弄般用手勾了勾她的下巴，拖长声音道，"喜欢就叫一声姐姐来听听。"

"不叫，又不是我让你送的。"宋微明摆弄手机的手藏到了桌子下方，转过眼去不看她。

蔚然脸上马上就露出了做作的遗憾来，叹了口气后便切换成笑脸，拿起高脚杯道："那就让我们共同祝贺宋微明同学升入高三，成为一名光荣的高考备战生。"

两只玻璃杯相撞，饮料在杯中晃荡起伏，灯光下闪出细碎的光影。

宋微明心中沉甸甸的，仿佛在做梦一样，她想把手机还给蔚然，可是又不舍得——不是不舍得手机，而是不舍得看蔚然失望的神情。

菜上齐了，高档餐厅的菜卖相果然不一样，明明是同样的食材，摆盘上就精致许多，宋微明调出相机举到半空，镜头却不是朝着菜品的。

"在拍什么？"蔚然伸手想拿过来看看，却没抢到。

"保密。"女孩笑笑，藏在桌布下的屏幕上，仓促间只拍到了某人的半张脸，白皙的皮肤，红润的唇，仿佛带着清甜的桃花香气。

"我以后，想当一个漫画家。"

饭后，两个人走在回家的人行道上。夏末的晚间也不那么炎热，偶尔会有几缕风穿过木槿花枝，掠动两个人的头发。宋微明倒退着看自己路灯下的影子，蔚然就拎着小提包，晃晃悠悠地边走边听她说话。

"虽然我不是艺术生，但是我看了好多漫画。原来我家楼下有家旧书店，老板从小看着我长大的，让我没事就过去白看，不收钱，但后来书店倒闭了，老板也搬走了。不过我自己画了厚厚的一叠画，回去给你看……

"我看的第一本漫画是我舅舅寄给我的。我妈怀了我，闹着要和我爸结婚，从那时候起她就和舅舅闹掰了，我没见过舅舅，但听说他是个很直率的人，我小的时候每年会收到他从国外寄给我的礼物，有时候是书，有时候是文具和零食。我那时每天都盼着舅舅能来看我，虽然我都不知道他长什么样。"

蔚然问："那你现在还想见他吗？"

宋微明道："想啊，只不过不像小时候那么想了，人的想法总是会变的。"

蔚然点点头："是啊，哪有不变的人和事呢。"

"所以要经常记录下来。"或许是刚拿到手机，新奇劲儿没过，宋微明又把镜头对准了蔚然，"蔚然，笑。"

蔚然从善如流，笑的同时右手比了个小树杈。

"笑得好呆。"

"真的假的，你给我看看……"

宋微明还有一件事没告诉蔚然，虽然她很喜欢舅舅，但现在她有了更喜欢的人，所以有些事便也不那么执着了。

*C*rush 05

"哇，这是最新款吧，宋微明你发达了？"

开学第一天的午休，同桌挤过来问。宋微明迅速退出了相册，随口答道："是我姐送给我的。"

"我怎么没听说过你还有个姐姐？"

同桌与她从小就是朋友，宋微明便把这些天的前因后果讲了一遍，同桌听完，忍不住感叹道："你姐姐可真是个大好人。"

"她对我是不错啦。"宋微明小声道。

"这何止是不错？别的不说，你和她之前从来没见过面吧，她都不认识你，也不知道你是什么样的人，就把你往家领，供你吃供你穿，还送你新手机，这么强的责任心，简直就是活菩萨了好吗？"

"责任心"三个字就像一根针，在宋微明的心头刺了下，她趴在桌子上，若有所思道："那你说，如果我不是我……我是说，如果我是个混蛋，她还会对我这么好吗？"

同桌反问："你还不算混蛋啊？能不能对自己有点清晰的认知啊？"

"那也是……"宋微明把脸埋在两臂间，气恼道，"烦死了。"

下午上语文课时，她靠着窗默默出神，心里还在想着这件事情，等回过神来时，手中的笔已经在本子上写下一连串的"蔚然"，她想了想，抿着唇在那后面一笔一画又写了一遍，只不过这次写的是"宋蔚然"。

"啊……"

宋微明深吸一口气，抓乱了自己的头发，再放下笔时，纸上的后三个字已经被细细的笔触涂成一片黑，半点也看不清了。

宋微明完全没想到，蔚然会特地来接自己放学。

高中生们清一色的蓝白校服、马尾辫，蔚然站在人群里格外显眼，细细的肩带勾勒出修长的脖颈和肩膀的线条，漂亮得令人忍不住驻足。

她的视线锁定宋微明时眼中一亮，高高地招起手来，口型是在叫她的名字。

一起放学的同学凑热闹，推推搡搡地围在她周围说："宋微明，美女姐姐好像在找你哦。"

宋微明也忍不住加快了脚步，来到她面前，蔚然便把手放低了几分，温柔地和她的小伙伴们打招呼。

"宋微明，介绍一下啊。"同桌在一旁明知故问地撺掇，那表情，显然是替她显摆上了。

"我是微明的……"

"这是蔚然。"

两个人几乎是同时说道。宋微明撇着头刻意不去看蔚然，却还是没忍住瞧了一眼，蔚然的神情却没发生什么变化，嘴角依旧微微翘起，说了声："回家吧。"

原本喧哗的人群有那么一瞬间的安静，随后又热闹起来，女孩们叽叽喳喳地说着："蔚然姐再见……"

宋微明三两步赶上去，与她并肩而行，一路上两个人都没有说一句话。

晚上，宋微明头发半干不干地窝在被子里，摆弄着手机。

本来按惯例，她洗完澡要敲蔚然的门借吹风机，今天却放下了抬起的手，只是用毛巾使劲地擦了几回。她知道自己这回是真惹蔚然生气了，但她并不后悔，心中那微妙的感受也渐渐清晰了，但她不能指望蔚然能察觉。

她也不希望蔚然察觉。

但毫无疑问的是，她也让蔚然伤心了。

第三次尝试入睡失败后，她从床头柜上摸过手机，坐在黑暗里点开了和蔚然的聊天对话框想说些什么，她打了长长一串字，又反复检查每一个标点符号，末了还是在点下发送键前将这些全都删掉了。

深夜十一点半，蔚然的手机闪了闪，还没睡着的她滑动解锁，一条消息弹出。

"晚安。"

她几乎能想象到屏幕那边宋微明忐忑的表情，于是笑了一下，数了二十秒之后，才打出"晚安"两个字发了回去。

即便这样，宋微明这几天依旧有些难以面对蔚然，不过最近她好像特别忙，两人也没太多相处的机会。

这天晚上宋微明正在写卷子，突然手机震动了几下，她赶忙接起，听筒那边传来的却是一片嘈杂，隐隐能听见有人在高谈阔论些什么。

"喂，蔚然你在哪？"

她问了好几声，那边才传来蔚然有点飘忽的声音。

"我今晚不回去吃了，不用等我，你自己……"后面半句话她还没听清，蔚然那边就仓促地挂了电话，宋微明有点莫名其妙，但还是把手机调成了响铃模式。

她写完卷子叫了份外卖，一边吃一边在电视上看电影，一直到深夜档的电影放完了，蔚然还没回来。宋微明又往回拨了几个电话，始终没有人接，正当她惊恐地思考要不要报警时，门外传来了拿钥匙开门的声音。

蔚然这天有生意上的应酬，喝了不少酒，迷迷糊糊间竟对不准锁孔。

没一会儿声控灯就暗了，她生气地跺了几次脚才重新亮起来，再想去开门的时候，门已经从里面打开了。

"你这是喝了多少？"

她就像踩在一团云上，被人扶着换了鞋后晕头转向地就往床的方向走，又被按到梳妆台前的椅子上。

"卸妆！"

宋微明拿这个醉鬼有些没辙，但她知道如果就这么让蔚然带妆睡觉的话，明早起来那个爱美的女人一定不会放过她。她一边盯着趴在桌上两颊通红的蔚然，一边往卸妆棉上打卸妆水，而后扶着那人，毫不留情地将卸妆棉往她脸上蹭去。

即便动作草率了些，她还是很小心翼翼的，可是卸完睫毛膏后，蔚然还是抬起手一下下地蹭着眼皮，把眼睛都揉红了。她有点担心，让蔚然把手拿开，想看看是不是自己不小心把卸妆水抹进她眼睛里了，却发现蔚然其实是在哭。

还不是号哭，是哼哼唧唧小姑娘似的哭。

"我不结婚怎么了？他们是我什么人啊……管东管西，长得漂亮是我自己的事，和结不结婚有关系吗……"

宋微明在旁边听得哭笑不得，也只好硬着头皮哄，哄到蔚然差不多闹够了，准备扶着她去洗脸时，却被对方用蛮力一把抓住，拖到了镜子前。

"我们两个，长得不像吗？"

蔚然垂着细细的眉梢，依旧是美的，小小的鹅蛋脸，高而细的鼻梁，秀气妩媚的凤眼，而宋微明与她不同，宋微明天生便有一双圆圆的大眼睛，眉睫乌浓，即便此时被她两指掐着下巴，依旧能看出是孩子般的圆脸，坦白地说……

"是不像，"蔚然自顾自道，"难怪你不愿意叫我姐姐。也难怪……"

宋微明看她无力地趴在梳妆台的桌上，看她蓬乱的碎发和耳后泛红的皮肤，有些情绪忽然就绷不住了，她很想告诉蔚然：

我不叫你姐姐，是因为我不想让我们两个仅仅是被血缘这么浅薄的东西联系在一起。

我希望你对我好，是因为我值得。

06

"给。"

蔚然放下茶杯，接过那张纸道："这是什么？"

"看不出来吗？成绩单啊，需要家长签字。"说完这句话，宋微明便不再吭声，趴在沙发上摆弄起还在充电的手机。

"求人签字你就这个态度吗？"蔚然嘴上说着，脸上的笑意却已藏不住，不一会儿，宋微明就听见一阵笔尖划在纸上的声响，

"签好了。"

她接过那张承载着沉重含义的成绩单，刚要折起来，就看见上面不仅签了蔚然的名字，在宋微明姓名的旁边，还飘逸地写了三个小字。

"乖小孩。"

一股复杂的情感从她心底涌上，她伸手就去掐蔚然的肩膀："你这样让我怎么交上去啊？你快……想个办法，给我重签！"

"怎么不好了？这是家长的肯定，你懂不懂……"

蔚然躲闪着要抢回来，宋微明哪里会让她拿到，起身便去了房间。当然，她也不会把这份交给老师，她从抽屉里拿出一个铁皮盒子，悄悄地、郑重地将折成四折的成绩单放进去，心里满足极了。

当晚她洗澡的时候，蔚然依旧靠在沙发上想这件事，越想越有趣，回过神时正好看见宋微明充电的手机震了一下。她离得近，发过来的消息也就自然而然地闯进了她的眼帘，一条过后，马上又是下一条。

青春期的孩子们似乎在出言不逊这件事上格外有技巧，将辱骂的话编辑成文字发过来也变得格外理直气壮，什么"孽种""小三的孩子"张口就来。

蔚然静静地看着，默默记下了发消息的人的名字，随即删掉了记录。

她的小朋友，她护着，受不得这种委屈。

第二天放学的时候，宋微明便又在校门口看见了蔚然。

她心中欢喜极了，迫不及待地赶到蔚然面前，几个同伴也熟络地跟在她身后甜甜叫着"蔚然姐"，蔚然的脸上却没有半分笑容，将宋微明一把拉到身后。

"今天不是来找你的，你先自己回家。"

宋微明不明白她的意思，愣愣地站在她身后，也不想走，就见蔚然随意地掏出一包女士烟，将细长的烟管夹在指间，透过弥漫的白色薄雾，她发现蔚然今天涂了支颜色格外浓的口红。

"寇雪是吗？"没等多久，蔚然便等到了要等的人，"聊聊吧。"

昨夜聊天软件里口出恶言的少女此时突然变得腼腆又老实，仰望着陌生的女子，既不敢同她一起去，也不敢从她身边走开。

"别怕，我不吃人。"蔚然笑了一下，却与平时的笑截然不同，别说寇雪，就连宋微明都打了个寒战。

蔚然请她的同学在学校旁边的咖啡店喝了杯冰美式，宋微明也不知道发生了什么，就看见落地窗的那一边，蔚然按熄了烟头，悠闲地说着些什么，而寇雪抱着自己的书包，全程都没有抬头。

第二天宋微明便收到了寇雪手写的道歉信。

她好奇地跑去问蔚然，蔚然耸耸肩，只说："我一个大人又不可能欺负她。"

宋蔚然不解："那你是怎么让她听你话的？"她知道的寇雪可不是个省油的灯。

蔚然靠在沙发上抱着抱枕，整个人沐浴在灯光里，道："真的没有什么，我只是给她讲了些人生道理。你们学生之间，可能会分这个人很不好惹，那个人很好欺负，但在我看来你们都是一样的。所以我只是严肃地告诉她，宋微明是我家小孩。作为当事人，我都没有说话，其他人凭什么来指手画脚？"

宋微明怔住了，不知道是被"我家小孩"打动还是怎么，许久都没有说话。寇雪的消息她其实看到了，但也只是习惯性地随手删掉，过去她也尝试过争辩，但换来的不过是更多的侮辱，所以她明白让那些人闭嘴是不可能的，她能做的就只是告诉自己，不要在乎，不要去看，学会用坚硬的铠甲包裹好自己的心。

可今天她才知道，自己也是有人保护的，而且被人保护的感觉也挺好的。

真的。

"这就开始崇拜我啦？"蔚然慢慢从包里拿出了什么，"真正的好消息我还没说呢。"

宋微明眼睛亮晶晶的，跪坐着问："什么好消息？"

一张纸在蔚然手中展开，又被摊放在她面前："你不是想见你舅舅吗？他回国了，这个地点，明天五点半，去见见吧。"

07

宋微明不知道这算不算一个好消息。

她从小就盼望着见到舅舅，不仅仅是因为那些寄来的礼物，也是因为舅舅曾坚决地反对过母亲的婚姻，在她心中，舅舅和她父母不同，是个正直且明辨是非的家人。

这样的人，能见一见当然很好。

可从蔚然的神情中，她敏锐地觉察到这次舅舅不仅是要见她这么简单，或许，舅舅是来接她走的。昨晚，蔚然极力表现出对她自由的尊重，可言语间的不自然还是出卖了她。

所以今天的约宋微明一定要赴，她要亲口告诉舅舅，感谢您愿意接纳我，不远万里来接我，但我的心中已经有了选择。

她静静坐在座位上，审视着对面与母亲有几分相似的中年男人，男人始终慈爱地笑着，张罗着让她点菜，自顾自说着那些她已记不起的婴孩时代的回忆——虽然闹成那个样子，但其实舅舅是抱过她的。

她毕竟只是个高中生，要打断这样亲切的话，还是要深吸几口气的。可就在这几口气的当口，舅舅脸上却蒙上了一层她看不懂的东西，他说："放心，舅舅这次回国不是一定要接走你。我明白你下学期就要高考了，突然搬走也不方便，这里有一张卡，舅舅每个月会打生活费给你。"

"我……"她心里一动。

"但是你要答应舅舅，从蔚然家搬出来，越快越好。"

"为什么？"她不明白，刚刚听到了转机，为什么转眼就变了话锋，"蔚然和我虽然同父异母，但是她对我很好，很温柔……"

"就是因为她很温柔！"舅舅打断他，看上去成熟稳重的男人眼睛竟有几分红了，"就是因为你的姐姐很温柔，我们才不能再做对不起她的事。"

"你知道蔚然的妈妈是怎么没的吗？"

宋微明摇摇头，一股寒意从心底蔓延而上，她忽然不敢再听下去。

"当年我的妹妹，也就是你的母亲与蔚然的父亲婚内出轨，还有了你。虽然我极力阻止，但那两个人还是结了婚，那年蔚然才八岁。

"离了婚的蔚然母亲带着她艰难地生活着，更残酷的是，因为感情遭到背叛，蔚然母亲的身体状况每况愈下，情绪也变得非常奇怪——当时还不讲这个，但按照现在的说法，她应该是患上了心理疾病。

"可想而知，蔚然度过了怎样一个痛苦的童年。"

舅舅接着说："但真正的悲剧才刚刚开始，就在蔚然上大三的那一年，她接到了母亲去世的噩耗，等她赶到医院时，一切已经来不及了。

"蔚然知道她母亲不想见那个男人，而那个男人闻信也没有回来看一眼，她一个人孤零零地筹备了葬礼。也许正是因为当时的孤立无援，她才执意要接你回家。"

宋微明想开口，但被什么哽住了她的喉咙。

"我知道这样说可能很残酷，但事实就是，蔚然可能并不是很想看见你，每次看到你，她都会想起母亲是因何而死。但因为她很温柔，是个负责任的好姐姐，所以她才勉强自己，把你接到身边来，供你吃住。"

舅舅握住她冰凉的手："可是明明，我们不能仗着蔚然的好，再去做伤害她的事了。这些年来舅舅一直很后悔没能拦住你母亲，酿成了那样的惨剧，至少我们一家人对蔚然的伤害到此为止吧。你说好吗？"

她想开口说个"好"字，可一启唇，悲伤就从四面八方涌过来，把她的嗓子都浸苦了。

08

蔚然打开门时，外面已经全黑了，屋里一盏灯也没点。

她换下了累脚的高跟鞋，随手把包搁在了玄关上，只按亮了餐桌旁的落地灯。匆匆扫视了几眼，墙上的《海贼王》挂画，电视下堆的专辑盒子，衣架上挂着的外套……全都已经不在了。那个会像小猫崽一样炸着毛舞着爪子，却一眼就能透过张扬看到软糯的女孩也不在了。

她也没有去试着找，只是站在餐桌前拿起上面放着的便签本，一页一页漫不经心地翻起来。

"我今天会加班，你自己把饭热了吃下吧，托朋友带的新专放你桌上了。"

"今天有小组作业，我去同学家了。"

"想吃什么可以写在上面，我是不会当面问的哦。"

……

如此种种，尽是些没营养的文字，明明都是用手机的时代了，还会写这种东西的，也就只有她们了。

零散的句子背后有着这世上最紧密的牵挂，不是血缘关系，也不是什么责任义务，是第一眼看到那个叫宋微明的女孩强撑的倔强时，发自内心的怜爱；是两个人一起听重金属摇滚时，灵魂上的契合；也是女孩看向她时，饱含依赖的眼神。

她和她是一样的，一样的。

薄薄的便签总会翻到尽头，十月十六日，无。

蔚然看着空空的纸面，忽然感受到了一股极大的委屈，上次这么委屈，还是在母亲去世后她第一次回家时。她忽然意识到了，自己在人世间依旧是孤零零的，一切都还没开始就要结束了，小姑娘却什么都不明白。

明明是她把宋微明从警局捡回来的，可现在，却换成她被远远地抛下了。

她不想哭，因为妆花了会很丑，即便流泪也只允许有一滴泪滑落，再很快地在颊边被拭去。还是去卸了妆，洗个澡，早点睡吧，她这样想着，却被谁从身后紧紧地抱住了腰。

"对不起。"哽咽声从身后传来，"对不起，蔚然，我走不了。"

"我知道我这样一点都不成熟，但是不管舅舅怎么说，我就是不想和你分开……

"你要是讨厌我，不想看见我，我就努力让自己变得不那么讨厌。

"要是养我要花好多钱，我就去勤工俭学，赚好多钱。

"我知道，也许我的存在本身就会让你感到痛苦，可我实在不知道该怎么办了，我想陪着你，我也想让你陪着我……"

蔚然转过身，看见宋微明被眼泪糊满的脸，看见她肿得像桃子一样的眼睛，终于再也忍不住了，她伸手抚过宋微明的脸颊和她泪湿的鬓角，而后一把将女孩紧紧地拥进怀里。

"傻女孩，明明第一次见面我就说过了，宋微明，我不恨你。

"不管你是谁的女儿，也不管以前发生过什么，我永远都不会想离开你。"

一个心中有愧一个心里有鬼，都是缺乏勇气
的胆小鬼。

满天星光只为你

离经叛道温柔队长

✕

执着追光甜妹老幺

CHAPTER 05

满天星光只为你

文 / 芭蕾飞狗

梦想化身打字机。

Butterfly effect

01

年末，天淙电视奖率先揭晓的获奖名单让不少人意外，最佳女主角的获奖者是前 F-AOM 成员，虞恬。

F-OAM 作为国内现役女子偶像团体的前辈，并不只因为出道早。和之后出道的其他女团相比，这前浪不仅没有被拍在沙滩上，还总是被拿出来教后浪做人。

哪怕这只是个两年限定团，解散后成员们的发展也远胜于其他女团。

就在网上因为 F-OAM 将在天淙奖颁奖典礼上合体而疯狂讨论的时候，当事人之一的虞恬已经在后台画完了妆。化妆间里还有她前队友张露于——现在的华语乐坛知名女歌手。

"都已经知道结果了，你还紧张什么？"张露于一头黑色短发，耳边挑染的一缕银发很是亮眼，内搭是一件带亮片的吊带裙子，看上去格外性感。

造型师在给虞恬做最后的定型，虞恬垂着眼，说了句："你懂什么。"

张露于笑了一声："队长还没到。"

虞恬："我没问她。"

张露于："我也没和你说。"

虞恬哼了一声，没再说话。

虞恬长了一张圆脸，在尖下巴横行的娱乐圈里还挺特别。女团时期，她的脸更圆，那时候婴儿肥还没褪去，笑起来的时候眉眼弯弯，甜里带幼，是名副其实的妹妹。

虞恬做演员的这些年，磨出来了阅历，沉淀了气质，但眼睛里依旧有当年的光，言行举止也相当得体，唯独在提起前队长温明瑶的时候显而易见地拉下脸，连表面的客气都不装一下。这也是这些年媒体都喜欢用"恩断义绝"来形容她们关系的原因。

"她和我说航班延误了，要迟半小时左右。"张露于自说自话，将手搭在虞恬的肩上叹了口气，语气带着点揶揄，"这么不想她颁奖，你大可以跟组委会提要求。"

虞恬："我哪敢啊，温老师德高望重，要换也是把我换了才对。"比起张露于自带幽默的口气，虞恬更擅长阴阳怪气，可惜她压根不知道自己提到温明瑶的时候语气都是软的。

但是娱乐圈就是这样，一次采访的沉默都能让人解读成"这俩人完了"，更何况她和温明瑶也确实是七年没见。明明各自跟另外两个队友也约得频繁，唯独她和温明瑶像是恪守着什么约定，总是避之不及。

社交软件上"温明瑶虞恬请和好"的话题常年位列第一，可这只是美好的愿望。

在网友的眼里，想看她们同框只能从年末各大活动的全员合照里圈出两个模糊成像素块的小人，还要被粉丝配上凄凉的一行小字：这也算同框。

张露于笑了一声："得了吧，我哪能不知道你想她想得要死。"

本来按照虞恬的性格是要说一句我没有的，不知怎的这次却闭了嘴。

张露于接着说："某些人问我要号码，表面说是不联系，指不定偷偷联系上了呢。"

虞恬："你不许说了！"这句话险些破音。一边的造型师也在憋笑，明显听出了自家艺人的抓狂。

温明瑶这人是 F-AOM 永远的主心骨，谁都知道当年温明瑶宠虞恬宠得有多夸张，毕竟虞恬是老幺，出道的时候还是长着婴儿肥的可爱甜妹。

但人总是贪心，对什么感情都是"我想要再多一点"，虞恬当年对温明瑶的憧憬也是，希望对方能对自己好一点，再好一点。可惜天总是不遂人愿，温明瑶太好，喜欢她的人很多，大家理所当然认为她有资格挑选一个她喜欢的人恋爱。

偏偏那个对象，让虞恬大失所望。

02

F-OAM 的花期很短，只存在了两年。作为国内第一个选秀出来的女团，刚成团的时候，公司也不敢贸然签太久，但是等F-0AM 大火之后，公司再怎么追悔莫及，开出天价条件也没能让四个人都续约。

就在距离解散仪式只剩一个月的时候，有狗仔拍到了温明瑶和一个陌生男子在一家酒店同进同出的新闻。

那天天气其实不好，雨季到来，天气闷热，难得没有通告，可以短暂休息。张露于和李镜心约了人去打台球，虞恬不喜欢台球，懒懒拒绝了。

她们的公司在北京，虞恬家在外地，所以有时候一两天的休假也都待在宿舍里。

温明瑶倒是本地人，但她回家的时间也很少，难得回一趟家，也会带上自己的队友——这个队友基本上是虞恬，一方面是因为其他人不喜欢温明瑶家的氛围，另一方面也是因为虞恬太招人疼了。成团以来，温明瑶一直拿她当亲妹妹对待。

"去看电影吗？"张露于和李镜心走了之后，虞恬趴在沙发上问温明瑶。

那年的温明瑶已经初具未来影后大满贯得主的风范了。她生了一张难辨雌雄的脸，少年时期在电影里看上去就是一股自然的风，而现在年长了几岁，又遇到一个当妹妹宠的虞恬，眉眼间就多了几分秋雨绵绵的温柔。她背对着虞恬把新送到的花插进花瓶，然后摇了摇头。

虞恬"啊"了一声，腾地从沙发上坐起来。初夏的闷热在空气里展露苗头，开了一下午的冷气被张露于出门时关上了。

她在宿舍的时候就穿着一件小吊带，被李镜心数落了好几次没有偶像包袱。

此时她长发披在肩头，几缕发丝被汗黏在白皙的脖颈上，急得蹦下沙发扑到温明瑶背上："为什么啊！拍完代言都说好了的这周要一起的嘛。"

她年龄最小，长得也小，当年从海选杀到全国赛也是凭着一张足够让人神魂颠倒的脸。

没有人能拒绝那份含苞待放的美丽，只可惜她脾气不太好，喜欢她的会很喜欢她那份娇嗲，不喜欢的只觉得她做作，浑身上下都是讨人厌的装腔作势。这也是为什么她的人气在前十强里浮动却冲不到前五的原因。

温明瑶及时接住了整个扑过来的虞恬。虞恬天生就骨架小，还是怎么喂都喂不胖的类型，体重并不重。但温明瑶到底是个女性，很难承受住一瞬间压下来的重量，最后两人一起倒在了单人沙发上。

虞恬气势汹汹地质问她："你骗我！"

温明瑶一瞬间脑子嗡嗡，空调被关了之后，残留的冷气被闷热吞噬，加上背上压着个人，她觉得自己额头都要冒汗了："我哪有，家里有事叫我回去一趟。"

虞恬哼哼两声，从温明瑶背上下来，退开一点距离，眯着眼看她："真的吗？"

视线里的温明瑶唇红齿白，新染回的黑发看上去毛质松软。在虞恬又要俯身的时候，温明瑶把她扶起来，整个人坐直了一些。

虞恬像个娃娃一样被摆正了。她一贯黏人得很，不过整个团她谁都不黏，就爱做温明瑶的跟屁虫。谁都知道甜美老幺唯爱队长，跟另外两个姐姐一起时总是嘴不饶人。

"真的。"

"我还想和你一起去。"

虞恬去过温明瑶家几次。她自己家里也有点小钱，但是跟温明瑶家比起来到底还有点差距。

另外两个队友说队长家长看上去太严肃，她们害怕，其实虞恬也挺怕温明瑶家长的，毕竟此人当年背着家里参加选秀的行为实属离经叛道，被家长反对也是理所当然。

可是她就是想跟着她，没由来的那种。

就像此时此刻，窗外的雨没完没了，温明瑶重新开了空调，在"嘀"声中又被小猫一样的老幺缠住，问："什么事啊？"

温明瑶当时真的毫不知情，也就无所谓地被虞恬当做枕头窝着，听着窗外的雨声，摇摇头说："我妈没说，反正也休息，就去一下好了。"

虞恬其实挺不高兴的，虽然她跟温明瑶几乎天天在一起，但那都是集体活动，她们已经很久没有单独相处过了，说好的那部电影也一直没看成。

就算都是队友，她也觉得自己是温明瑶独一无二的那一个，理应享受高规格待遇。

比如一起去看电影，或是窝在同一张沙发上度过一个难得的假期。

03

温明瑶回家了，虞恬无事可做，跟家人打了个电话就又睡觉去了。醒来时她发现自己静音的手机里有不少未接电话，还有很多短消息。

虞恬先看到的是张露于发的消息，一张图片，是论坛的截图。乍看模糊不清，但再看一眼，虞恬就愣了神——是温明瑶。

地点应该是在一个地下停车场的电梯口，虽然照片里的男女看起来并不亲密，但是两人之间的距离已经足够让虞恬觉得心头一咯噔了。

因为温明瑶不喜欢跟异性离得近，只是职业所限，这一点体现得并不明显，多半表现为彬彬有礼的疏离。

但这是虞恬知道的秘密。

虞恬点开其他人发来的网址，论坛里是更全的跟拍，包括两人从电梯出来的镜头，酒店的内部环境，甚至还有一张六人相谈甚欢的合照。似乎是双方父母，照片小标题也取得格外应景——F-OAM队长温明瑶密会男友，温情赴宴。

照片上那个人不久前还抱着她无奈地说，我只是回家一下，很快就回来陪你的。

虞恬也彻底看清楚了那个男人的脸——是徐明朗，她们这档选秀节目的策划。全国赛的时候她跟对方闹过矛盾，因此对这个人印象挺深。

但虞恬没和别人说是什么矛盾，她藏得很好，也没在队内表现出来。

后来因为工作遇到徐明朗她总是躲得远远的，却被错认成少女的羞涩，张露于某天还揶揄地问过她："徐老师条件不错，长得也帅，等我们解散你要不要考虑谈个恋爱？"

虞恬本人没谈过恋爱，按理说也应该浮想一下，但那会儿听到这句话却下意识地看向了温明瑶。对方冲她眨眨眼，没说话，虞恬却红了脸，低下了头。

可是她这人脑子一根筋，从没去多想，以至于这时候还不明白自己为什么那么难过——温明瑶父母安排相亲也没什么，但为什么我心里有点空空的？

这几张照片一夜之间转遍全网，F-OAM作为全民偶像，关注度自然很高，经纪人的电话就没停过。

等团队连夜发完声明温明瑶才从公司回来，回到宿舍推开门，发现自己的队友都在客厅等着呢。

张露于在温明瑶没回来的时候就一直在说这个事儿："唉，队长本来年纪就比我们大，人家不干这行的话最佳女主都拿好几个了，演员嘛，总是要体验生活的。"

李镜心没那么缺心眼，她看了眼发呆的虞恬："主要是媒体缺德，开局一张图，内容全靠编，什么玩意儿啊。"

张露于："那徐老师其实也挺好的啊，他俩家长都坐在一起吃饭了，感觉关系也还行吧。"

李镜心拧了一下张露于的大腿，对方嗷了一声，正好对上温明瑶推门进来的眼神。一瞬间，除了窗外的雨什么都安静了。

温明瑶："你们坐在这等我汇报八卦进度？"她的头发沾了雨，刘海黏在额上，和打湿了的牛仔裤一起看上去有点狼狈。但是这压根不影响她的颜值，仍旧是如果粉丝看到只会尖叫的程度。

张露于："队长！你没事吧，经纪人是不是找你去了？"

温明瑶点点头："都这么晚了，你们先去睡吧，明天还有活动呢。"

张露于似乎还想说什么，被李镜心拉走了。客厅里只剩下坐在沙发上的虞恬，她一直低着头，从温明瑶回来就没抬起来过。那件薄荷绿的吊带背心半边挂在胳膊上，奶棕色的头发垂在胸前，随着呼吸起伏。

"小恬？"温明瑶在她面前蹲下，很顺手地把她的吊带拉起来，手指的温度和柔嫩的肌肤瞬间交叠，然后被人甩开了。

"你生气了？"温明瑶的声音向来温柔，F-OAM里要说单人粉丝谁最多，当然是她。

温明瑶在选秀期间票数就一骑绝尘，而且毫无水分，断层第一。而且当年要是没温明瑶，也轮不到虞恬出道。

虞恬不知道自己在委屈什么，也觉得自己莫名其妙。她就是难受，还有一股从心底汩汩冒出来的酸涩，因为这句"你生气了"化成眼泪无声地落了下来。

温明瑶伸手，虞恬别过脸，温明瑶再伸手。一来一往，最后虞恬直接被人捞起，温明瑶坐在了她的身边。

单人沙发本来就挤，但是两个女孩坐还可以，更何况两个人几乎贴在了一起。

"你为什么生气？"

虞恬是面朝温明瑶的，她赤着脚，脚指甲还是之前涂的红色，在没开大灯的客厅里，衬着笼罩在昏黄灯光下的瓷白肌肤，看上去是触目惊心的美。

温明瑶又问了一遍，伸手拨开虞恬的刘海："为什么生气呢？"

温明瑶平时就是一个得体的队长，在每个需要发言的场合作为团队代表站在最前面。

聚光灯汇集在她身上，落到虞恬眼里像是天神下凡。在各类粉丝拍的照片里，她的每一个眼神都追随着温明瑶——谁都说她很喜欢她。

粉丝说：毕竟温明瑶是她最崇拜的那种人啊。

虞恬的眼眶还含着眼泪，伸手想要推开温明瑶，又被抱得更紧："我没生气。"

她的口是心非太过显而易见，温明瑶哦了一声，拖了长长的音："那我就高兴了。"

她们朝夕相处同吃同住那么久，甚至很多时候出活动虞恬都是跟温明瑶睡一张床的，温明瑶太了解怎么激怒虞恬了。

对方会露出那种露出小尖牙的自以为很凶猛实则很可爱的表情："你高兴？！是！你是高兴！你和谁在一起不好偏偏是徐明朗那种渣男？"

04

虞恬生气起来很可爱，温明瑶第一次看到虞恬的时候就是这么想的。

那年的选秀赛程到了全国二十强，虞恬卡位第十九入围。大家住在一起，温明瑶拉着行李箱进去第一眼看到的就是虞恬。因为个人原因，她比别人晚了几天才入住，那天正好虞恬的耳机被人恶意剪坏了，正在大发脾气，只是没有人站出来。

她在观众眼里是个声音嗲嗲的甜妹，在温明瑶眼里是黏人的小辣椒。

温明瑶拉着行李箱，轮子咕噜噜地跟地板摩擦，人群给这个没从第一掉下来过的人让道，像是给她开出了一条奔向她第一眼就相中的人的捷径。

虞恬拎着的那个挂脖耳机正好温明瑶也有一个。下一秒那只耳机就挂在了虞恬的脖子上，止住了她抽抽噎噎的辱骂，泛着泪光的杏眼看过来。

一句凶凶的"你谁啊"让温明瑶笑了出来，她微微低头："你好啊，第十九名。"

虞恬被这一瞬间的美色晃花了眼，后来回想起来，这根本不是什么是美色误人，是昏君附身，在成团后的那些日子里无数的小质问都被此人囫囵地糊弄过去了。

但是这天糊弄不了，也不需要糊弄，因为有些事只差一个破土而出的机会。

"虞恬，我没有喜欢他。"温明瑶凑近这张脸，解释道。她的声音格外冷静，非常符合虞恬当年还没见过对方就听说的初印象——

温明瑶想做的事就没有做不成的，而她不想做的事也从来没有人可以逼她。

所以她被拍到那样的照片，是不是意味着她也认同了这段感情？还要在我面前假惺惺地解释？

这一瞬间虞恬突然觉得刚刚被冷气吹出的冷一瞬间变成了火，烧在她的脸上，让她一瞬间破了音："你不喜欢他为什么还和他父母一起吃饭？他只是长得、长得人模人样，其……其实跟很多人暧昧的！他就是个人渣！"

虞恬气得脸鼓起，不知道是因为温明瑶和这样的人传绯闻见家长，还是因为别的，总之张牙舞爪地要跟温明瑶宣战。却不小心挣开了自己的吊带，手忙脚乱地跳下沙发，捂着心口指着温明瑶骂："温明瑶你怎么可以这样！"

她的声音吵吵嚷嚷，却先天没有凶横的条件，怎么骂都有一股娇嗔的味，这也是粉丝断定她撑不了大女主的原因。

七年后的虞恬业务能力一流，再没人敢说她不能挑起大梁，但是这年的虞恬心碎和眼泪肆意横流，在自己都不知道的恐慌里跟温明瑶大吵一架，固执地认为那组照片就是对方默许拍下的，默许了这段媒体认为的感情。最后虞恬以"砰"地一声摔门来回击温明瑶对她突如其来的攻击。

仿佛经历了世界大战一般寂静无声，隔了半分钟，另一个房间的门打开，探出李镜心那张充满担心的脸。她看到自家队长站在灯下，尘埃被冷气吹得在暖光中浮动，人被光影描摹，看上去有点孤独。

身材纤细而面容秀美的温柔队长在发呆，失魂落魄得像是被谁打了一巴掌。

李镜心觉得自己好像知道了什么秘密，还来不及问，温明瑶就抬眼看向她，做了个在嘴边拉拉链的动作。

李镜心抬手比了个 OK。

虞恬十七岁那年参加的选秀，一开始是陪朋友报名玩玩，结果陪跑的成功入围。

节目组采访的时候问她："你的梦想是什么？"

被不少人骂是靠脸入围的虞恬歪着头，那张婴儿肥都没褪去的脸是远超同龄人的清纯，裹挟着尚未被社会毒打的不谙世事，在还是方形的电视屏里显得分外迷人："找到梦想。"

后来成功出道，记者问她："找到梦想了吗？"

四个女生坐在一起，穿着统一的服装，画着不一样的妆容，虞恬下意识地看向身边的人，"嗯"了一声。她那时候想，如果跟温明瑶做一辈子女团，她也乐意。

可是谁都知道女团有保质期，两年就要散，没什么人会永远在一起。

很多人都说温明瑶来做女团只是玩玩而已，毕竟这人十岁就出演大导的电影，未成年就入围了最佳女主角，就算二十来岁大张旗鼓地参加选秀，也只能让人更肯定她的能力。

虽然刚开始大家都说她这是一手好牌打得稀巴烂，毕竟在演艺圈无形的鄙视链里，偶像总不及演员来得"高贵"，温明瑶这是玩火自焚。但也没人想到 F-OAM 会成为国内第一女团，甚至红遍亚洲，成为当之无愧的全民偶像，哪怕只有两年。

温明瑶自有她的光明大道——无数人翘首以盼地等她回归电影圈。她们终将分道扬镳，像所有的荧幕搭档一样。

最后这段时间虞恬一直处在对解散的恐慌里，温明瑶可以继续做她的电影咖，张露于有她的歌手梦，李镜心要做最好的舞者，她们目光坚定，梦想温暖。唯独虞恬自己，从小学这个学那个都是父母要求，从来没有坚定地想做些什么。

关于温明瑶八卦的澄清声明挂在报纸好几天，无非是父母介绍吃个饭，长辈间早有渊源，两人并无私交。

但是男方徐明朗才华横溢，相貌英俊，也有说这俩人天作之合的声音。

直到论坛里有人挖出了徐明朗的往事，所谓的才华横溢竟然是剽窃别人的作品，甚至感情生活上也不是很光彩，不仅插足过别人的婚姻，还骚扰过一些圈内合作对象。

好事者还找出了虞恬全国赛时期的采访，她没点名道姓地提到自己也曾遇到过这样的事，不过支支吾吾，很快敷衍过去了。但有心人对一对时间，就能发现她当时的指导老师正是徐明朗。

结合事发第二天出席活动温明瑶眼睛的红肿，窥视和八卦的眼神无孔不入，都围绕着这个即将解散的女团感情生活展开。网友分成两派，一派怀疑这些黑料就是虞恬放的，姐妹俩联手对付渣男不是挺好？一派觉得搞不好这俩人私底下已经闹掰了，要知道虞恬不仅是温明瑶的队友，更是她的狂热粉丝，无数次说过憧憬队长，或许这次过后，温明瑶在她心里就要跌落神坛了，肯定不会像以前那么要好了。

张露于这个缺心眼的还在饭桌上问了这件事，却引来了更漫长的沉默。

直到F-AOM解散的发布会结束，外界那些猜测一夕之间似乎都成了真。原因无他，虞恬看上去实在太不对劲了。以前的每一次活动，她都是坐或站在温明瑶边上的，眼神炙热，肢体亲密，不像现在，她们之间隔着两个人，甚至都没对视。

F-OAM的解散，是粉丝多年后提起还觉得遗憾的不体面，而她们各自搬离宿舍时背对背远去的画面，也被狗仔定格成了报纸上的"恩断义绝"。

温明瑶对虞恬有恩。当年选秀成团夜，卡在第六位的虞恬能在最后关头冲进前四，就是因为投票已经断层第一的温明瑶那句"虞恬是一个我很喜欢的妹妹，大家喜欢我的话就投她一票吧"。于是最后虞恬直接逆袭到第三，还差点把张露于给挤下去。

虞恬对温明瑶的感情很复杂，她知道没有对方就没有今天的自己，可另一方面，她觉得自己这辈子都忘不了温明瑶。

但网友说的她对温明瑶的失望压根不是事儿。

虞恬会永远憧憬她，向往她，只是也要离开她了。

后来报纸上把她们俩的关系描述得绘声绘色，可是只有当事人知道不是如此，徐明朗压根不值得一提。温明瑶红肿的眼睛是不体面的开始，那虞恬的逃避和温明瑶的心灰意冷才是她们七年未见的原因。

一个心中有愧一个心里有鬼，都是缺乏勇气的胆小鬼。

05

天淙奖的颁奖典礼直播频道涌入了大量观众，毕竟那么多年没同框的 F-AOM 全员合体实在太吸引人了。当年的粉丝对解散发布会上四个人微妙的氛围还记忆犹新，此刻也想弥补一下当年的遗憾。

直播镜头下的明星各个盛装出席，保持完美的状态，最佳女主角的归属也即将出炉。

"这个最佳女主角我要邀请我们评委席上的某位上来和我一起颁奖。"台上的主持人笑靥如花。

坐在台下的虞恬穿着一身高定绿裙，偶像时代的少女风早已远去，连以前被网友说压不住的贵重珠宝都已经能自由驾驭。

那些陪着她从偶像一路走到演员的粉丝，从每年的照片都能看出她的变化，是小女孩长大，是梅花香自苦寒来，是一个一个角色积累起来铸就的今天。

虞恬看上去天不怕地不怕，走红毯的时候气势非凡，在这个时候却不敢看台上。

"有请温明瑶！"

底下掌声如潮。温明瑶个子高，当年在团里的时候虞恬一直是那个最矮的，早就习惯穿着高跟鞋跑步，然后小声骂温明瑶没事长那么高干吗。

如今的温明瑶一头长发稠黑笔直，碎发别在耳后，露出一张犹如淡墨勾勒的脸，银边眼镜遮住了那双含情目。

她也不废话，直接拿起名单卡，掀开后笑了一下："恭喜虞恬，我家老么。"

【她们同框了！她看她了！温明瑶真的好好看，永远的队长姐姐呜呜呜！】

【可恶！看到这一幕我又要问了！为什么你们这么多年都避而不见啊！同一班飞机还要特地改签！真的那么恨吗？一个男人而已！】

【本新粉考古回来只觉得这俩人当年就……现在都是事业姐，感情方面……懂的都懂！】

那么多人看着，虞恬也不是当年获奖就哗啦啦流泪的小偶像，她从容地站起来，提起裙摆往台上走。

温明瑶走到台阶处，很自然地把手伸向她。

虞恬不敢看她，却又很想看她。温明瑶是她的光，是她一生最重要的转折点，是别人眼里她的恩人，是她还不掉的债。虞恬的眼泪本来都已经憋回去了，却在手牵上的一瞬间掉下来，正好掉在她们交握的，温明瑶的手背上。

温明瑶笑了，她给虞恬递手帕，口吻一如当年："还是那么爱哭。"

这句话只有虞恬听到了，但是镜头一直在她们身上，虞恬的溃不成军还不能完全展露，她小声说了句："我哪有。"

【她们在说啥！看着压根不像网上说的那样啊！为什么！】

【好美俩女的！温明瑶的眼神都要化了……】

【只要我活得久，什么都能看到……整个娱乐圈虞恬粉唯一不敢骂的就是温明瑶望周知，别问为什么，问就是因为爱，虞恬没温明瑶也没今天。】

【我还记得以前虞恬说没梦想，在团的时候看着温明瑶说找到了，解散后还做演员……这不就是……我走你走过的路……结果视后是温明瑶颁的，是命运啊！】

主持人："你俩怎么还聊上了？"

温明瑶："这不是七年没聊了么。"

场下笑声一片。

主持人："那什么感觉啊？"

本来是正儿八经的颁奖典礼，因为前面最佳男主的幽默玩笑就已经歪了风格。

温明瑶："美梦成真。"

笑声都变成了此起彼伏的起哄声。

主持人："那颁完奖好好聊去吧。"

她们站到了中心位，温明瑶把奖杯递给虞恬，虞恬接过后却踮起脚拥了过来，温明瑶顺势回抱了一下。

这个拥抱其实不长，因为灯光明亮，不是当年宿舍那昏暗的小灯。但也很长，是有人七年的追逐努力，最后奔赴最接近对方的那条路，成为最初憧憬的样子；也是另一个人七年的等待，在万众瞩目里，拥住阔别已久的人，等来了她的回答。

虞恬看不到温明瑶的表情，但是观众都看到了她闭上眼时颤动的睫毛。

这个拥抱之后，温明瑶下去了。

虞恬精心准备的获奖宣言都被无情地换掉，她眸中带泪，目光坚定："当年 F-OAM 解散，我的队长说她要继续做演员，露露和心心也已经选好了方向，就我没有。

"我学什么都很慢，在团里的时候也都是姐姐们带我，当时要解散，我真的很茫然。

"队长人很好，我们的矛盾也是因为我的不成熟，我心底是很喜欢她的。"她顿了顿，似乎有些不好意思，在台下寻找温明瑶，"我想变成像她一样的人，光芒万丈，谁都喜欢。"

"我也想和她说，对不起，让你久等了。"

【本明天粉不请自来！这是和好了吧！所以当年真相其实是因为其中有一个人……】

【这天下终究是我们队长老幺的，很难不说一句久违了，以前那些台下裹着一件外套取暖的感情怎么会是假的呢！恭喜两位！】

【我说了那么多年的温明瑶虞恬请和好终于实现了！也恭喜虞恬，她终于做到了！】

bpm 06 🦋

后台。

经纪人一脸无奈："你怎么不按稿子来呢？临场发挥也就算了，还都是说给温明瑶的，生怕今晚不上热搜是不是。"

虞恬默不作声，她换了常服，心不在焉地拿着手机。说出去没人敢信，她没有温明瑶的微信，她们解散的时候还不是智能手机时代，这些社交软件都没上线，连微博都是虞恬做演员后才注册的。

不过两人的微博倒是互关上了，但温明瑶不爱玩微博，也不太分享自己的动态，基本都是出现在别人微博里合照上。

手机号码倒是还有，以前吵架的时候拉黑了，解除黑名单后，又不敢打。

再后来换了号码，什么都换了，唯独这个梦想不敢换——她就是崇拜她，憧憬她，想变成像她这样独一无二的人。

"说都说了。"

虞恬没等到张露于的聚餐通知，却在微博看到了温明瑶结束后的采访视频。这个媒体很有名，风格也很直接，很多问题甚至是虞恬敢想不敢问的。

比如你这些年，有想要结婚的打算吗？

比如你对虞恬失望过吗？

比如你讨厌过虞恬吗？

没有。

没有。

没有。

但有遗憾，那个遗憾是我们的七年。

虞恬台上那点堪堪落了一滴的眼泪到底还是汹涌而来，在经纪人目瞪口呆的表情下哭得声嘶力竭。

散场的时候有很多人来跟温明瑶打招呼，她人虽然年纪不大，但是资历很高。新人里喜欢她的很多，来合影的就好几个，更别提排着队要跟她合作的导演了，寒暄几句，时间就过去了。

"姐，你来一下。"李镜心来叫温明瑶。

温明瑶："怎么了？"

"你去看看虞恬，她情绪不太好。"李镜心表情为难。

温明瑶："出什么事了吗？"

李镜心："你自己看看去吧。"

对方颔首，步履匆忙却依旧优雅。李镜心跟在身后心想，怎么这么多年过去了，这人行事还是这么滴水不漏，仪态也太好了。

虞恬还在休息室里，经纪人在门外，看到温明瑶的时候有点尴尬："温老师好，我是……"

"她怎么了？"

经纪人笑容有点僵，实在很难开口解释自己艺人是因为眼前这位而情绪崩溃，这是她跟对方合作这么多年前所未有的局面——

以前顶多是嗔，现在是痴。

经纪人最后叹了口气："要不您进去看看吧，就是麻烦温老师照顾一下小虞了，你们待会还聚餐是吧，到时候结束再……"

"不用，我到时候送她回去。"温明瑶平时看着很好说话，其实是假模假样的偏执鬼。

这点跟在后面的李镜心深有体会，她没打扰自己老大和老幺的别后诉衷肠，去找老三唠嗑聊一会儿吃什么了。

温明瑶进门的时候虞恬头也没抬："不是说让我自己待会儿吗？"

"那我现在走？"

清润的女声听上去带着笑，熟悉得让虞恬猛地抬头，撞进了一双含笑的眼眸。

"你怎么来了？"虞恬匆忙站起来，却忘了自己膝盖上的手机，手机惨遭抛弃，在地上滚了两圈，正好躺在温明瑶的脚下。

温明瑶弯腰捡起，看到上面的视频："看到我采访感动哭的？"

虞恬："我没有！"

温明瑶："好好好，没有就没有，那也不用哭成这样啊。"

温明瑶走到虞恬身边，虞恬就转过身不让看，最后被人强硬地掰正了身体。

一双手捧起她的脸，温明瑶低头看着她："聊聊？"

虞恬早年被此人惯出来的大小姐脾气窜上来了，扭过头拒绝谈话："不跟你聊。"

温明瑶："那以后再说，我得回家了。"她佯装要走，又被人拉了回来。

"聊的。"虞恬把人拉到沙发边，"你和我一起坐。"

单人沙发两个人坐有点挤，虞恬不肯松手，像当年一样无赖地和她窝在一起。

"终于不躲着我了？"

温明瑶的音色在女声里偏低，在特定的音乐里会有一股独特的质感。

同行有人说温明瑶看着好说话，其实比谁都不好接近。可是那是别人说的，虞恬觉得从选秀的第一次见面起，温明瑶就对她不一样，有莫名的亲近。而这一点在未来的女团生涯里，也从未动摇过——她永远是温明瑶最宠的老幺和妹妹。

张露于说的没错，她俩一个心知肚明地偏心，一个心知肚明地恃宠而骄。

"队长你是不是太偏心了！"

当年的队长笑着接下队友的控诉，对自己身旁的老幺眨眨眼："我有偏心吗？"

虞恬当然不放过任何一个逗张露于开心的机会，凑到温明瑶边上，笑嘻嘻地说："那谁让我这么可爱呢，队长就是宠我，不行你告状去啊！"

那年的温明瑶离她很近，她再靠近一点点，就能蹭到脸颊。

可是这七年让她认识到温明瑶的确离她很远，远到一松手就再也没有机会见面。

那年她们从宿舍分开，温明瑶最后说了一句："我会等你。"

当时的虞恬被慌张搅得头昏脑涨，点点头什么也没说就转身走了。

后来的虞恬回忆起来，温明瑶脸上分明写着失落，她和虞恬说："那等你想好了，我们再见面。"

她想好其实也没花七年，但想好之后意识到自己和对方的距离才是最痛苦的。她也终于明白只有自己实力越强，才能离对方越近。

她从演员里的十八线到离温明瑶一步之遥的地方，再到今天跟她同台，接过对方递过来的奖杯，这条路太难走了。

"要躲着你的话，我才不会给你发消息。"虞恬抱住温明瑶的腰，像是要把自己埋进去，也像以前选秀的时候，她练习累了，就这么当着镜头抱住温明瑶，大大方方地讨一个安慰。

温明瑶摸了摸她的头发："我以为还要很久呢，怕你目标太大，非要彻底追上我。"

这话还有自夸的嫌疑，虞恬埋着头哦了一声："是我太笨了。"

温明瑶笑了一声："是很笨。"

虞恬不高兴了，正想抬眼回她几句，却被人按住："不要动。"她被人抱得很用力，像是要把这些年的想念都通过衣服交缠的褶皱还回来一般。

07

今天是 F-OAM 团粉时隔多年最快乐的时候。

四人终于聚在一起拍了张照片，温明瑶和李镜心在中间，张露于揽着李镜心的脖子笑得放肆，刚荣获视后的虞恬也不再是一副"老娘谁都不怕"的样子，反而抱着温明瑶的胳膊，靠在对方身上，冲着镜头傻笑，像极了当年刚出道的时候那个走到哪里都要被温明瑶牵着的小妹妹。

粉丝：出道十年，虞恬还是那个甜妹。

温明瑶配的文案是"一如当年"。

粉丝也觉得自己应该一如当年，祝福都带着时代的眼泪，有的人从少女变成孩子的妈，有的人从小学到大学毕业，不管怎么说她们的青春和这四个人关联，也成了时代的一部分。

而当年吵得天昏地暗的队长粉和老幺粉在这样的喜庆的日子都没在温明瑶这条微博下别苗头，只是默默转发。

最开心的还是当年的明天粉，奔走相告七年之痒不攻自破，我们老大和她的妹妹还是好好的——

你看虞恬的眼神，还是只看向她。

虞恬在转发了合照之后还单独发了一条微博——

@虞恬：我的光。

照片里是她们在颁奖典礼的休息室拍的照片，两人亲密地窝在单人沙发上，笑着看向镜头，好像这七年来什么都没变，又好像有什么变了。

温明瑶隔了半个多小时才转发这条——

@温明瑶：荣幸之至。

我从第一次遇见她的时候就知道她是个麻烦精，而我从来没有学会拒绝她。

荒漠绿洲

嘴硬心软荒漠恶人
×
单纯热情小麻烦精

荒漠绿洲

Butterfly effect

文\解知

十八岁超气人业余写手。爱好白日做梦与造梦，擅长血压过山车式的一口刀一口糖，反转童话忠实拥趸。

00

这是鲸鱼座遭遇不明陨星撞击灾后重建的第七年，我真正生活的第一日。

01

我见到蕾切尔第一眼就知道她是个麻烦精。

我在吧台的位置反坐着，一面缓慢地品味手中这杯日出龙舌兰——来自千万光年之外某颗名为"地球"的行星，因为星际旅行者而流传到我们这儿，一面观察盘算过会儿能从谁的口袋里搞到今夜的酒钱——今天更早些时候我的钱包不翼而飞了，主要归功于宿醉与头痛。

这在荒漠很常见，但对做我们这一行的来说被偷无疑是奇耻大辱，必须做点什么，或者说偷点什么来补救。正当我好不容易锁定一个目标准备起身时，酒吧的门被推开了。从沙漠干燥炽热的风里能够听见沙砾摩擦的声音，一个相貌出众的女人步伐轻快地走进来，像一匹金色的小马驹，全无烦恼地跳着踢踏舞。

我是在场所有人中第一个注意到她的，其他酒客也接二连三转头。亡命徒最擅长嗅出不同类别人身上的气味，包括我在内的四双眼睛直勾勾地盯着她，剩下的人看似浑然不觉，实则用酒杯掩盖毒钩般的视线。

而这个格格不入的年轻女人，大脑和她的外貌一样张扬蠢笨。她全不在意紧绷的氛围，嘴里哼着小曲，乌黑的卷发盘在脑后，蜜色的脸上挂着一抹轻松、愉快的笑容，径直向吧台走来，手臂撑着木质的桌椅："有什么推荐吗？"

酒保一语不发地低头擦酒杯，我知道十秒前他还在犹豫要不要翻出暗格里的枪。

不速之客没有得到回应，于是转头看向我："嘿，姑娘，不介意推荐一款吧？我是第一次来。"她一面说一面把米色的风衣脱下来搭在手肘。我得以看见她洗得浆硬的内搭衬衫，以及肩部拆卸过东西的痕迹——这意味着那里曾经有个肩章，她不是个贵族就是搜救队的一员。与此同时，她举手投足间又有股贵气，脖子上的项链也价格不菲。

无论从哪一点看，这都不是个好兆头。我微微后撤拉开距离以防在场其他人认为我和她有什么干系。

"大小姐，这不是你该来的地方。"我生硬地说。

"别这样！"她自来熟地凑过来，一条胳膊搭着我的脖子，在那一瞬间我已经听见四发子弹上膛声，女人全然不顾，"这酒吧外面也没有写只允许恶人进入。"

"所以你确实知道这里是干什么的。"第一个把枪抬到明面上的是老约翰——他的女儿是被搜救队带走的，虽然暗地里有我的帮助，因为那个女孩实在不应该继续被他打骂，"我见过你的脸，搜救犬来这儿干什么？"

"显而易见。"女人一个眼神也没分给他，反而含情脉脉地继续凝望我，"我来做我的本职工作：收到求救信号后把厌倦了荒漠废土的人带回摇篮。"

"你认真的吗？红？你要回摇篮？"在场的人皆是一愣，而后大笑起来，"你压根不认识她是吧？我敢说在座没几个老爷们在这儿能比她吃得更开，活得更潇洒！"

"红，你可千万不能跟这小姐走——你是我们的女王，多少人仰仗你活命啊。"

我没有感到荣幸而是愈发不安，我目不转睛地盯着这个奇怪的人，某种不好的预感浮上心头，果不其然，一抹得逞的笑容出现在女人嘴角。下一秒"哐当"一声清脆响起，我感到手腕一凉，低头时一个锃光瓦亮的手铐已经稳稳当当包住我的手腕。这疯女人甚至炫耀般伸出腕子摇了摇自己手上另外一个银圈："锵锵，同款喔。"

哄笑的人群都不再笑了，所有人都缓慢地站起来。

"看来她真是个好手咯，我没有找错人。"她环顾四周，额头微微冒汗，"我要从你们身边借走她一阵，帮我个忙。"

"想都别想。"一个男人踹翻了圆桌，"我们不可能让你带走她的。"这当然不是出于某种罪犯之间的惺惺相惜，而是我手上握着许多与他们利益甚至性命相关的信息。

"想让她不暴露你们的秘密还有一个办法，那就是杀了她，这样一来欠她的钱也不再需要还啦。"女人环顾一圈，看似气定神闲实则声音微抖。我知道她在观察人们的表情——这个建议很显然是诱人的，果不其然，已经有几个枪口偏向了我。我忍不住叹了口气，可悲的人心。

而后她转过来冲我挤眼："宝贝，如今我们是一条绳上的蚂蚱了，拿出你的真本事来。"

以她高高抛起用来遮挡视线的米色风衣作为号令，玻璃杯被铺天盖地的子弹打碎的声音接二连三传来，一场乱斗开始。

十五分钟后她蹲在地上，从一片狼藉里扒拉出她的那件宝贝风衣，抖落掉玻璃碴和弹壳后重新抱回怀里。我抱着胳膊靠在吧台上看她搜刮物资，直到那副摇篮出品的高科技手铐被拉扯到极限才不情不愿地跟着她走两步。女人在搜罗完能用的全部东西后站起身，好像这才注意到五分钟前和她配合默契并肩作战的我："嘿，我就知道你靠得住的。"

"我不知道搜救队什么时候还用枪了。"

"麻醉枪，附带强力记忆紊乱效果。"她笑着跨过一地昏厥的杀手，"另外，搜救队确实不用，我被除名了。"

"所以你需要我帮你什么？"我一面配合她一面试图解开那个手铐，"窃取害你离队的某个上司的隐私？还是搬空你们总部？或是给你在荒漠搞个能混的身份？"

"都不是。"她随手抓了一把万能钥匙走出酒吧，"别白费力气了，这是摇篮最新科技，和你以前见过的手铐都不同。"

我泄愤般地一甩手铐，她在酒吧门外摁了不知道什么键，那根手铐中间的链子自动缩短到我不得不靠着她走的程度。我看着她坐进越野车，又拍了拍副驾驶座的位置，最终迫于无奈地屈服于她龙舌兰颜色的眼睛，不情不愿地坐进去。

"说吧，你到底需要我干吗？"

"我需要一个对荒漠地形非常熟悉的人，"她启动引擎，满怀憧憬地驶离酒廊，"我要去寻找绿洲。"

我倒吸一口冷气，再一次低头研究起如何解开这见鬼的手铐。

她何止是个麻烦精，她简直是个疯子。

02

绿洲是末世后流传的一个传说。

据说横跨沙漠，就能在最边缘找到绿洲，将绿植和充足的水资源重新带回整个世界。届时沙漠将倒退，动植物复生，救世主跋山涉水、历经千辛万苦的精神会感动上苍，神弃之地会重获神明的垂怜，人人都将回归原本富足的生活。

但这十年来从没有人找到过这片绿洲，无数探险家和机会主义者走进沙漠，要么有去无回、死不见尸，要么一无所获、败兴而归。人们渐渐意识到传说不过是传说，是生在摇篮中衣食宽裕的父母们说给孩子们的睡前故事，是潘多拉魔盒最深处唯一没能跑走的东西：希望——也许不如跑走来得好。毕竟，人总是凭借一点虚假的指望做出傻事。

我曾经也遇到过希望找到绿洲，并借此成为救世主重塑世界规则的旅者，但近几年再没有了，直到这个女人的出现。"你叫什么名字？"带着某种对终究会落空破碎的光辉的怜惜，我问。

"蕾切尔。"她似乎很惊讶我会在乎她的名字，她单手打着方向盘，黑发因为狂风吹拂而成为流动的乌云，"你呢？我听见那些人喊你'红'。"

"杰奎琳。"我随口胡诌。

"真名？"她笑得很俏皮。

当然不是，我翻了个白眼。

"好吧，杰。"她翻出一瓶运动饮料丢给我，"我知道把你劫走给你造成了不少麻烦，杀身之祸之类的，但是谁身上没几个通缉令呢？相信我，找到绿洲之后一切都会不同，我们都会重新开始。"

我不禁开始怀疑这是哪里的云上城堡养出来的大小姐："压根没有绿洲，在你之前有太多人无功而返了，你是在浪费时间。"

"也许吧。"她仰头，"但我和某人有约，我必须亲自尝试之后才能心安。"

这份愚昧的天真和执拗令我感到羡慕又反感，我做了个呕吐的表情："你干净得恶心到我了。"

她大笑："你真刻薄。"

蕾切尔开车技术一般，方向感也有点差，在沙漠中的行进和平地不同，以她的水平，我们只能原地踏步。在我的嘲讽下她委屈巴巴地把方向盘交给了我，可能是担心我悄悄开回恶人酒吧，她一直瞪着眼睛保持清醒以防我突然掉头，不过最终还是在凌晨两点的时候沉沉睡去了。

如果不算突发状况，我们开到沙漠之极东需要七天。非常讽刺的天数，创世神造万物用了七天，后来末世降临也不偏不倚是七天。我仍然清晰地记得那一切是如何发生的。

第一天，各大新闻媒体宣布消息，领袖们鞠躬致歉。民众嬉笑怒骂，以为又是一个荒诞的预言，或者是一颗会和鲸鱼座擦肩而过的行星；有权有势者更早掌握了信息，早早搭乘私人飞机跨越重洋与家人团聚。

第二天，交通瘫痪，网络崩溃，人们烧杀抢掠、点火抗议、无恶不作。我当时本应该在贫民窟为体面的坟墓跟人乱斗，但我有一个富有的朋友，所以我能坐在她家漆黑的庭院里，看远处灯火明灭又重归寂静。她怕黑，小小的身子在我旁边颤抖，却因为年龄比我大，还是强撑着用姐姐的做派抱着我安慰。

第三天，世界被按下静音键。疯狂愤怒的人们后知后觉地开始哭泣和求饶，科学家们再一次表示以现在的技术不可能移居其他星球。

第四天，沙尘暴来袭，权贵们开始秘密转移，其中一部分被得罪过的人寻仇杀死，而更多人通过密道登上"鲸骨号"——巨鲸落而万物生，一点科学家和富豪们不合时宜的浪漫情怀。他们乘船前往已经在鲸鱼座某个角落悄无声息建造了数十年的花园钢铁壁垒，后得名为"摇篮"。

第五天，狂风暴雨电闪雷鸣，随之而来的还有山火。我已经准备好从容赴死——我自始至终没什么牵挂，只是我那忠贞不渝、早该逃命的朋友仍然没有坐上鲸骨号。她父亲劝不动她，也再三告知我没有得到船票的资格，但她告诉我，会想办法带我偷渡上船。孩提时代的友谊总是偏执又天真，我和她都那么信任彼此。

第六天，海水倒灌，我一觉醒来时硕大的庄园中只剩下我一个人。

第七天，太阳缓慢蒸干海洋。我回到了我出生的街道，那个经常挨揍满嘴胡话说自己曾经是飞行员的疯子哈尔不知道从哪里偷来一辆战斗机，邻居家吵了半个世纪的哈珀夫妇站在悬崖上接吻，看着冒烟的飞机坠落进海洋。

然后惩罚结束，神明转身离开，留下穷人在一片狼藉的沙漠废土里互相残杀、争夺资源，富人则藏在摇篮中，按照计划份额享受生活，苟且偷安。

而富人中也会出现三六九等，搜救队就是用当时建设摇篮时出资最少的家族中的旁系组成，所谓的"救援"也不是善举，而是搜罗那些散落荒漠，能够为摇篮提供资源的能人志士，各取所需罢了。搜救队听从总督，不过是一个模子刻出来的爪牙。

"你究竟为什么被开除？"我趁蕾切尔刚醒来神志不清时问。

她枕在自己胳膊上睡眼惺忪："因为我胡乱救人，还顶撞上司，质疑制度……"

果然如此，真像这个理想主义者会做的事，我叹了口气："你父母没有教育过你要守规矩？"

她懒洋洋地笑起来，迎着晨光惬意地伸懒腰："要不是因为我父母，我做的事情早就够我一个终身监禁了，摇篮的董事会成员说话果然还是有用。"

"……这么说你是自愿加入搜救队的。"我回忆起她战斗时精炼又优雅的风格，颇有芭蕾的痕迹，看来她的家境比我想得更优越，同时也更愚蠢。

"是啊，对外宣传的那么光明伟大，进去才发现完全不是这回事。"蕾切尔含混不清地把漱口水往车窗外吐，却反过来吃了满嘴沙，吐脏了我的越野车地毯——是的，我驾驶的就是我的。

她勉强呸干净了沙子："你呢？"

"我？"我耸肩，"只要给钱给物什么都干，上至向导下至喝酒，居家旅行杀人必备。"

"你的车开得和你吹得一样好。"

"当然。"我勾起嘴角，"沙漠是我的第二个家。"

蕾切尔顿了顿："无论能不能找到绿洲，我都有办法把你搞到摇篮去。那里的生活没有那么……刀尖舔血。"

　　"可别，我倒宁可风餐露宿朝不保夕，摇篮的人比荒漠的更虚伪复杂。"

　　她长出了一口气，忽然释然地笑起来："那倒是真的。还好我逃出来了。"

　　"你父母没有百般阻挠吗？"我忍不住瞟她，"你在摇篮的生活肯定相当优越。"

　　"他们有愧于我。"蕾切尔淡淡地说，"只要我不死，对我的选择不加干涉。"

　　"可你这样的人来沙漠就是送死。"我摇摇头，"我承认你的格斗技术很好，但在荒漠，应对极端环境的能力才最重要。"

　　她立刻讨好地蹭过来靠着我肩膀："哎呀，杰，我这不是有你吗？"

03

　　这倒是一点不错，没有我，蕾切尔在荒漠一天也活不下去。

　　我只是一刻没有紧盯着她，这白痴就用宝贵的运动饮料和旁边车队的人换了烤肉，还以为自己捡了大便宜来向我讨夸奖。她眼睛亮晶晶的，真像只骄傲的搜救犬，我连骂她都不怎么骂得出口。

　　"大小姐，你打算怎么处理这些烤肉？"

　　"晚饭啊！"她自在地坐在副驾驶上用铁签串肉，"在沙漠里看星星吃烤肉不是很浪漫吗？"

　　我想告诉她这多不切合实际，夜风大而深重，只是下车片刻就会被沙子糊个满脸。她悻悻而归的样子委屈可怜得要死，以至于我忍不住伸出手摸了摸她黑色的脑袋。她抬起头看着我，我立刻收回手："其实还有一个办法，我们可以在车里烤着吃。"

"后面空间太小了，除非我们把后座拆掉。"我笑着敲了敲窗子，不远处恰好是早晨骗了蕾切尔的车队中落单的一辆。

她看看那辆大号吉普车又看看我，露出一个惊讶的笑容："认真的？"

我耸耸肩，油门一踩往那辆车追上去："别浪费好肉嘛。"

十五分钟后，我们开着新车，在一连串骂声中扬长而去。蕾切尔趴在椅子上探着脑袋向后望，咯咯笑个不停："太冒险了！"

是很冒险。肾上腺素回归正常后我忍不住自我反省，为了一顿烤肉抢劫一辆车？完全不像我会做出来的事。毕竟，在沙漠里再谨慎都不为过，这也是为什么我能活这么久。我有些迁怒地扭过头，正看见蕾切尔手脚并用地爬到车尾开始支烤架，撞到我的目光时，抬起头冲我笑了一下。

该死。我手一抖，车差点打滑。也许这个女人有在短时间内影响人的可怕能力，也许只是她描述的星星和烤肉太过吸引人。

晚上九点我们才开到一个背风口，为防止炭火中毒打开了窗子，能够听见外面风沙的声响，以及蝎子或者蜥蜴爬过沙地的声音。蕾切尔乐于承担烤肉的职责，像翻花一样在烤盘上操作，又小心翼翼地洒上她从酒吧里偷出来的盐粒。

平心而论她烤肉的水准就像她开车一样，大概是因为怕生于是烤得极老，看我咀嚼得面目全非还笑得洋洋得意，直到她自己被铁签子烫出眼泪，可怜巴巴地吐舌头哈气。

　　一餐结束已经是十点多，我们决定今晚不再行进而是在这里过夜。她在收烤架和清洁方面又遇上不少困难，清洁签子时还不小心刺破了手，一个不浅的口子汩汩流血。我皱着眉头找纱布时她傻乎乎地把手指含进嘴里，因为铁锈味露出一个怪异的表情，又冲我挤眉弄眼："手上还有盐味儿呢。"

　　我本想嘲讽她四体不勤，五谷不分的样子，忽然意识到也许在她家中，这些事情从来不需要她来经手，所以才会如此笨拙。蕾切尔哼着歌心情颇好地铺睡袋时，我冷不防说："如果你开口的话，我可以把你送回摇篮。

　　"别做救世主的梦了，在那里好好过你的日子吧大小姐，荒漠不适合你，你能走到现在还毫发无损实在是福大命大。"

　　"我不会回去的。"她钻进睡袋里平躺，表情平淡又坚定，"在摇篮可看不见这样的星星。"

　　我于是也听着她的话仰头，改装吉普车的天窗能够窥见蓝紫色的星空，天幕低垂，星星几乎要落进车子，它们宽容而残酷地不为谁闪耀着，无论人类如何斗争如何友爱，它们只是美丽的见证者。

　　"比起摇篮，那更像牢笼，那里的一切都是假的。鲜花是仿真花，天空是按照设置轮播的电子屏，每隔四小时就能够看见一次流星。"

　　"只要离得够远，电子屏也与星空无异。沙漠可不是每个晚上都风平浪静，能够看见星星。"

"是。"蕾切尔喃喃地说，"但离得再远再模糊那也是谎言，谎言再美也不是真实的东西。"

可她不知道我就是由无数个谎言组成的。

"我睡前座。"我把睡袋抱起来，正要翻过水杯架，只听"咔嚓"一声，手铐间的链条被缩短到三十厘米。我一下子失去重心摔倒在她身上，她先是发出闷哼，而后是低低的笑声。

"就在这儿吧。"她声音柔和，"杰奎琳，我真的怕黑。"

"不要得寸进尺。"我哼哼着把睡袋铺平，"不瞒你说，我已经找到了解开这个手铐的办法。"

"那你为什么不逃走呢？"她转过头看着我，眼睛忽闪忽闪，睫毛上挂着金色的月亮。

是啊，我为什么不逃走？我嘟囔了一句："你就当我也很好奇绿洲吧。"

04

第四天从清晨开始就风波不断，蕾切尔开车，左后方有乌泱泱的黑影。她本以为是像昨天一样的车队，并不警惕，直到他们靠近后我立刻认出了那个标志。这是一个专门掠夺资源的组织，我之前合作过两次，很显然，这点情分不会让他们放过我们。

"换人。"我拍拍她的肩膀，"你跑不过他们。"

蕾切尔没有异议，她对我有种无条件的信任。而我辜负了很多信任，有意或无意为之，此时此刻，不知为何，我并不想让她失望。

"把不必要的东西都丢了，这辆车有点重。"我指挥她，"和你的烧烤架说拜拜吧。"

她没有丝毫扭捏就开始按照我的命令办事。

我是沙漠最好的车手，绝不会被追到，前提是车的油够用。可惜昨天我们得意忘形，抢车的时候没怎么注意油表盘，高速行驶时油耗飞快，一旦放慢速度又极容易被追到。

好巧不巧的是，我们前方不远处卷起一股旋风。蕾切尔条件反射地握住我的手腕，声音发抖："那是什么？"

后视镜里的车队已经掉头猛开，我干巴巴地说："好消息是我们不会被抢了，坏消息是，我们可能要熬过一场沙尘暴。"

就在我焦头烂额之际，蕾切尔忽然伸长手："那里！"她指着远处一块可以避风的大石头。我当机立断调转方向朝石头全速驶去，然而目的地离我们距离过远，好像无论怎样疾驰还是差一截。

"太重了。"我忍不住骂，"如果是昨天那辆车，这会儿早就到了！"

话音刚落，蕾切尔本来握住我的手突然松开了，我扭过头看她，她好像从我的话中获得了什么灵感，低下头开始摆弄那个手铐。咔嗒一声轻响后我们之中的链接断开，我心脏的某处传来一阵无名的剧烈绞痛，以至于只能眼睁睁看着她毫不犹豫地往车门位置爬去。

"你疯了！"我一手把着方向盘一手死死拽住她把她摁回座位，"你给我回来！"

蕾切尔神情坚定地摇了摇头，而我一下锁死了车门，咬牙继续猛开。

"到了！到了！你这个疯子！"我大声骂她，在一片兵荒马乱里，终于闯进了巨石投下的阴影中。

我一把扯开安全带翻过去掐住她的肩膀："你的脑子里在想什么？你有想过你的重量增减于事无补吗？"

她被我骂得一怔，低下头："我只是……是我把你带到这样的险境来的。"

"我不需要谁为我而死，我为我的命负责——你以为我真的解不开这个锁吗？你以为我这辈子经历了多少沙尘暴？"我忍耐着心脏那股没来由的疼痛，就好像曾几何时我也同谁爆发过相似的争吵，"不要自作主张！"

她把脸轻轻撇过去，一时间车内寂静无声，碎石子打在玻璃上的声音反而显得可爱了。正当我担心自己说话过重把她骂哭的时候，她忽然笑起来："杰，你为我担心了。"

"我只是从来没有失手，别提金主自杀了。"我也转过脸看向车外。

"现在我是你的任务啦？"她又把手铐轻巧地扣回去，那个声音不知何故让我感到安心，"可我都没有给你付过报酬。"

过分激动后突然神经舒缓放松让我有点昏昏欲睡，我忍不住靠向玻璃闭目养神："等到了绿洲，你可得请我喝酒。"

05

沙尘暴之后的两天都晴空万里，我们在一个客栈过夜，顺便租了新车，继续往东边开。"找到绿洲之后你打算怎么办？"在确认蕾切尔不会出岔子后，方向盘交到了她手上。

"我不知道，我甚至不知道绿洲是什么形式。一纸可以重振世界的方案？一个威力无穷的魔盒？还是一块轻轻一碰就能重塑一切的宝石？"她越说越离谱，"我希望是后者，而不是给我一本答案之书，让我成为有能力改变世界的总督。"

"为什么？"

"绝对的权力往往导致绝对的腐败，"蕾切尔目视前方，"我并不信任我自己能够永远保持初心。要知道我们原来的世界也存在不公与歧视，我又怎么能做到尽善尽美呢？"

我开了一瓶汽水："也许绿洲是一扇通往乌托邦的门，找到绿洲的人都去到一个你说的那样美丽的新世界了，所以才没有回来呢。"

"那可太可怕了！"蕾切尔突然刹车，前方是一段极陡峭的路程，我同她换了位置，"我宁可不要找到它了。"

"为什么？"

"如果只是为了我——为了极少数人的幸福，那我所做的这一切就全无意义了。"她絮絮叨叨，"我和你说过，我是希望我的朋友，以及千千万万像她那样出生时没能拥有好的家境和资源的人，有平等的机会去享受生活，而不只是谋生。"

"如果绿洲不存在呢？"

蕾切尔有点失落，很快又目光灼灼："我也会先找到她，告诉她我真的去寻找绿洲了而不是空谈，然后再想别的法子。"

　　不知道为什么，听她那么"忠心耿耿"我有点不乐："你对你朋友的执念真是有够深的，她到底是个什么样的人才让你这么念念不忘？"

　　"我记不太清了。"蕾切尔一阵恍惚，"我只知道我背叛了她。而她是个很好、很聪慧的人，如果她能有我的条件，也许不会傻傻地寄托在绿洲上，而是自己动手造一个乌托邦。"

　　"你真是个奇怪的人。"我不可置信地摇头，"你记不清她的样子她的性格，甚至不清楚这个人是否存在——也许她只是一个你儿时过于寂寞而幻想出来的朋友，你却为一个缥缈虚无的约定做到这步。"

　　她垂下脸，表情复杂地凝望手中那把从父亲办公室偷出来的麻醉枪。"还记得我说过这款麻醉枪会导致记忆混乱吗？我挨了两枪。"蕾切尔苦笑着，"我答应会想办法在末日前带她上鲸骨号前往摇篮，我父母表面答应却在半夜偷偷带着我离开，我在途中大吵大闹要回去找她，他们于是麻醉了我，两次。

　　"十五岁以前的事，在我脑海中都是零碎的片段。正如你所说的，我记不清她的脸，记不住她的声音。只记得一些零星琐事，譬如她虽然出生贫民窟却头脑灵活、手脚麻利，譬如一开始认识是因为她偷了我父亲的车轮胎。她简直是个天生的修理工！我记得她抢走了我的胸针，看我哭得太凄惨，又冒着被发现的危险还给了我。我记得末日降临我害怕的时候是她陪着我……我记得，我记得她比我年龄小一点，却有一双骨节很大的手。

"她的手是黑黑的、粗糙的、布满伤口的。我那时不知道为什么一个那么小的人手能够长得那么大，现在她也许比我高了吧。"蕾切尔因为陷入回忆而不自觉露出微笑，她手舞足蹈，不经意牵动了手上的银手铐，而另一端我的手也被带动，她垂下脸，突然握住了我汗津津的手，"……就像你的手一样，粗粝而有力，在干枯中有一种拼命的生活的希望。"

我只觉得天旋地转。

轮胎下的悬崖峭壁都不如蕾切尔的话让我颤动。

06

十一岁的我在宽阔的庄园里独自醒来时确确实实恨过她。

我砸掉她家价值连城的水晶灯和落地钟，一把火烧掉了她最爱的那张羊绒地毯，而后又在灰烬上大哭，因为想到我们曾经在这上面打滚、读书、嬉笑。

多么矛盾啊，前一天用上所有难听字眼让她滚上救援船的是我，后一天为她的离开怨天怨地的仍然是我。

正如末日最后一天夕阳下坠时，当所有没能逃走的人跪地祈祷上苍时，我许愿她过得好，又希望她死在去鲸骨号的人潮中。

之后的几年里，我刻意将有关她的记忆塞进一个封锁的盒子里，用理智说服自己那不过是不同阶层的孩童间失败的友谊。我自以为走了出来，却在那之后一度不再信任契约与承诺，随时准备全身而退。

　　我从未想过我会在荒漠再见到她，如今的蕾切尔长高了，晒黑晒红了，声带哑了，曾经养尊处优的手变得同我的一样粗糙。但樱桃园里的心到底和犯罪巷滋养的不同，她仍然天真、赤忱，如追随海市蜃楼般追随一个幻影。

　　我怔怔地看着她，一时半会儿竟不知道说什么。我想要大哭，想要嘲笑，想要愤怒，想要掐着她的脖子揭露我就是那个女孩，想告诉她："大小姐这不是你该来的地方。"

　　她这样的女孩应该在摇篮的高档宴会喝着香槟跳摇摆舞，或者和同样上流阶层的闺蜜看奢侈品牌的春夏大秀。而不是为了我，一个儿时失散的无足轻重的人，孑然一身跑出摇篮。

　　她看到如今的我该有多失望？我就像绿洲一样，不过是一个她脑海中虚构的幻影，是走近就遍布环形坑，只有远看才皎洁无瑕的月亮；是以为存放着珍宝的盒子，开启却空无一物。

　　"如果，"我自虐般地说，"如果你的朋友，远没有那么好呢？也许她是个自私自利的人，也许她有许多贫穷卑劣的毛病，也许她满口谎言、罪无可赦呢？"

　　"那不是她，那不只是她。"蕾切尔认真地看着我，"她是比这些草率仓促的贬义词更深层的东西，她是被烂泥风沙遮盖却没有被风化的一颗心，是生在贫民窟却劫富济贫的英雄。即便她不愿意承认——她对自己评价极低，她也远胜那些。

　　"她是我少年时见过最了不起的人。如此灵活、自由，上天入地无所不能，她让富丽堂皇的笼子里的我看到一个全新的真实的世界，看到那些被剥削压榨的人，吃不饱饭的人——丑陋，但真实。她拉着我和学校的校霸打架，教会我不要带有知识的优越，是她打破了我的狭隘和傲慢，她简直重塑了我，我却离她而去。"

"如果她变成了我这样的人呢？"

一个盗贼，一个情报贩子，一个投机取巧的酒鬼。

"那简直再好不过啦。你不会以为我没有调查过你吧？我知道你是一个劝人回家的沙漠向导，一个甘愿自己受威胁也要掌握秘密信息来牵制那些真正的亡命徒不得害人的女人，一个在弱肉强食的丛林世界尽自己所能行好事的反面英雄。"蕾切尔仰躺在椅子上，"你是我能想到的，在这种环境里长出的最好的人，你简直用自己的双手，为那些更弱的人打造了一个摇篮。"

"杰？杰奎琳？"她在我面前挥手打响指——甚至打响指这个不优雅的小习惯都是我教她的，"你还好吗？"

"杰西卡。"

"什么？"

我轻声细语："叫我杰西卡。"

她先是一怔，而后兴奋不已，用各种语调反复地叫我："杰西卡——这是你的真名？我就知道杰奎琳是假的。杰奎琳太优雅，杰尼特太平庸，杰西卡才适合你，你总是最好的。"

我没有说话，只是忽然把油门一脚踩到底换来她的一声尖叫，心情畅快得几乎要飞起来。

窗外窄路变得平坦，阳光把大道拓宽。

07

"还有不到五公里就要到所谓的沙漠边缘了。"我扭头看向研究地图的蕾切尔，"看看窗外吧大小姐，这儿就是一块荒地，什么都没有。"

"亲爱的杰西卡，你说错啦。"她的手指点着地图上一个小小的房子，"这可不是什么都没有，这里有个酒吧。"

我忍不住笑："你是想说这个酒吧叫绿洲吗？我们的出发地有一个恶人酒吧叫废土，终点就有一个叫绿洲的圣人酒吧。"

"管他呢，"蕾切尔摇开车窗，"今天风小，我们下去走走！"

在确认四周安全后我停下车，跟随她马驹一样的步伐向远处那栋木房子跑过去。我曾经在日头里奔跑飞驰那么多次，背后都是沙尘暴或者亡命徒，从未有一刻像此刻一样自由。可当我们走近的时候，却发现那酒吧了无声息，摇摇欲坠，连门上的招牌都已经落了下来，上面的字更是模糊不清——这绝不可能是绿洲。

"是沙尘暴。"我一走进去看到满地的玻璃残渣和破败的板凳时就知道，"酒吧主人匆匆逃走了，留下了这个没长腿的酒吧。"

蕾切尔有些失落地兜兜转转，还险些一脚踩空。我们互相搀扶，绕过玻璃碎片走进相对来说破损不算严重的吧台，她忽然惊喜地叫起来："嘿，这里居然还有几款完好无损的基酒！"

而我也在一片狼藉里找出两个还算完整的玻璃杯，轻轻往桌上一扣。她笑嘻嘻地趴在桌子上："嘿，姑娘，不介意推荐一款吧？我是第一次来。"

我忍不住边笑边摇头："说好了来到绿洲，是你请我喝酒。"

蕾切尔有些苦恼地转了一圈，忽然眼睛一亮，拿起其中一瓶："我第一次见到你的时候，你就在喝这款酒。"

"龙舌兰。"我为两人一人倒了一杯，在她凑近杯子前忽然说，"你知道龙舌兰的传统喝法是什么吗？"

我见她摇头，于是笑容更深。我一步一步，手把手教她，先将盐巴洒在手背虎口上，用拇指和食指握着酒杯，再用无名指和中指夹一片柠檬片："先盐，后酒，最后柠檬。这是龙舌兰最标准的喝法。"

蕾切尔是个好学生，她记下了顺序，只是搞错了主角。正在我拭目以待她喝完酒的反应时，她突然俯下身快速地舔过我手背上的盐，然后一气呵成饮下了酒和柠檬片。

我摩挲着湿漉漉的手背，而她摩挲着因为烈酒而通红的脸。

然后蕾切尔傻乎乎地冲我伸出她的手："你不喝吗？"

我从第一次遇见她的时候就知道她是个麻烦精，而我从来没有学会拒绝她。

一杯酒下肚后蕾切尔已经脑袋犯浑，我不得不用力握着她的手以防她蹦得太高摔下悬崖。我们一步一步走出酒吧，在阳光里走向沙漠的尽头。

"如果找不到绿洲怎么办？"

"没有关系啊。"她全无烦恼，晕晕乎乎，大着舌头冲我笑。蕾切尔像炫耀一样摇了摇我们紧紧相握的双手，银色的手铐叮当乱响，也许这是世界上最别致的手镯。

"我已经找到我的绿洲啦！"

唯有投身蔚蓝无垠的海水中

得以博取心灵片刻的宁静

The beautiful butterfly in my life.

✳ XIN/DONG/BEI/LUN

渐变海

野性不驯潜水员
×
高岭之花研究员

CHAPTER 07

渐变海

文 / 魏辽

梦游码字怪。

Butterfly effect

在下水前，谢玉敬检查了她的氧气装置。那本潜水日志被已经磨损得起了毛边的细绳串起来，挂在墙上，无数次的翻阅使它薄而泛潮的纸页卷了角。封面上用钢笔书下的"谢凡"二字已经褪色，唯独"凡"字最后一笔弯钩和那一点力透纸背，仍保持了鲜明如初的墨迹。

针对这片海域的下潜，谢凡重复过四十余次。潜水日志上记载着每次下潜的水温、入水与出水时间、配重、深度……还有一些她用钢笔随手涂抹的工作中游弋在她身边的游鱼，那些线条潦草的钢笔画似乎就是她经年漂泊在海上来之不易的乐趣之一。

谢玉敬将潜水设备穿戴齐全，走上甲板，回头深深看了一眼旁边戴着工牌的陈双双。

她说："我姐当初就是在这里消失的吗？"

陈双双没什么表情的脸上罕见地掠过了一丝怔愣，紧接着，在旁的记录员向谢玉敬下达了入水的指令。起伏的水面溅起了细小的水花，谢玉敬看似笨重的身形灵活地遁入了正在温柔呼吸的大海中。

深蓝色的巨口，足以容纳万事万物，谢玉敬不过是其中最渺小的冒险者。

陈双双回过神来，那支用以绘制测量图的铅笔早被生生扼断在她手里。她模糊地想起谢凡最后一次和她在船舷边眺望海平面时的景象，残阳如血，风拂弄着谢凡的短发，她的脸上有潜水镜勒出来的伤痕。

谢凡抻长胳臂，伸了个懒腰说："压缩饼干和午餐肉罐头吃得快吐了，好想回家啊，想吃黄油烤面包了，热腾腾的，香香甜甜的面包片上再涂点树莓果酱。"

船体随着水流一阵颠簸，头重脚轻的失重感让陈双双迫不得已跟跄着歪向一边，那时身为海洋生物科技公司大型项目的研究员之一的她是如何回应谢凡的呢？

旧景里二人并肩而立的画面蓦地被海水冲刷褪色，她看见了自己的嘴唇一张一合，心高气傲的模样，唇角讥诮地扬起，不必听，定然是在说着打趣谢凡的话。

早上吃下去的东西在肠肚中剧烈翻涌起来，陈双双扑到栏杆边尽数吐了出来。

"我姐当初就是在这里消失的吗？"

谢玉敬的问句和当年联络员惊慌的通报声交织在了一起："谢凡的通讯器没有信号了！"

陈双双的瞳孔骤缩，那晚的海面暴雨倾盆，停泊在港口的巨船漂浮在海上，像一架不堪一击的钢铁铸造的玩具任由风暴摆弄。执行观测任务的六名潜水员只上来了五个，谢凡生死不明。

bpm 02 ✦

那场暴雨夺去了太多东西。出了人命，行动被叫停；身为主要研究员的陈双双因为严重的应激障碍不得不暂时将项目搁置，她被负责人约谈，对方委婉地表示希望她能够主动退出项目组。

事后，谢凡家获得了一笔不菲的抚恤金，陈双双则是辞职，住进了疗养院。

疗养院的夜晚比晃动的海上更长，陈双双有时会梦见谢凡，梦里的谢凡并不咄咄逼人，她平静得过了头，站在船舷边，天的另一端残阳如血，温柔的暮光和谢凡的瞳光融合。

陈双双再也没有睡过一个完整的觉，她从床上坐起来，床头柜上的手机显示此时是午夜十二点半，这是谢凡失联的时间。

那晚不应让谢凡下水，但实验数据只差最后的定论，本阶段的生物样本采集也已经进入尾声，开会时有人提出了加点赶制的观点，最多再进两次水……这一提议得到了大多数人的附和，但决定权依旧在陈双双和其他几位主要研究员的手里。

谢凡迎上陈双双犹疑的目光，期盼而热切地点了点头：请准予、请同意、我情愿。那眼神这么说。

阶段告终，实验成果对于验证她的学术论文有着不可忽视的作用，只要带着结论归岸，她会得到这么多年来辛勤努力的答案。至于谢凡，陈双双读过她的潜水笔记。那些关于午夜海面的遐思畅想，无不成为她的情感寄托，她极少在夜间工作，希冀得到一个那样的机会，窥探海洋她未有深触过的另一面。这是一个成全两个人的机会，陈双双意识到了。倘若就此错过，她们都会为此而遗憾。

她们都不知道即将面对的是什么，仅仅凭着各自渴望达成的愿望，向那片虚无深邃的蔚蓝发起挑战。

但这次看似平常的水下作业却成了二人命运的转折点，谢凡在水下是否感到满足，陈双双再也不会知道了，而她自己所渴求的一切，最终也都在她点头的一刹那化为了泡影。突如其来的暴雨就是对她天真想法最无情的嗤笑。骇浪袭来，信号中断，黑夜中闪烁的绿色指示灯骤红，在汹涌的黑潮里荧荧忽闪。

事故后的第二年，另一家不入流的私人生物公司向她递出了橄榄枝，开出了可观的薪酬。工作地点还是两年前的地方，理由是她宝贵的工作经验。陈双双犹豫了良久，在这期间，她去了谢凡的故乡———一座坐落在边陲的偏远小城市。

在那里，她找到了谢玉敬，留着长发的谢玉敬和谢凡长得并不相似，她染了一头招摇的浅金色头发，背着把硕大的电吉他，蹲在路边喂流浪猫。陈双双叫住她，她回头时露出了藏在长发后的刺青，纹得是细枝疏叶，从衣领里伸出来了一点边角。谢玉敬在嚼口香糖，表情显得极其不耐烦，两枚夸张的圆环穿过她的耳朵，俨然一副朋克少女的打扮。

陈双双拘谨地开口道："我是……"

"我知道你。"和她比起来，谢玉敬显得坦然许多，"我姐的上司？"

在过去她或许的确是以上司对谢凡自居，即便没有明确的口头说明，然而她对自身能力有着清晰的认知，在同领域中，她绝对算得上翘楚，这份自知之明使她有一种自然流露的傲气，尽管表面上与人为善，但她骨子里始终认为这些人不如她，自然看不起所有人。但现在她只是沉默了半晌，轻轻摇了摇头说："我是谢凡的朋友。"

"我看过你们的合照。"谢玉敬说，"你那时候不是这个样子。"

陈双双闭上了嘴，静静地听谢玉敬继续说下去。

"你那时候——"谢玉敬拖长了语调站起身。她的个子比谢凡高出很多，大约有一米七五，站定在陈双双面前时，她将眼珠低到了下眼眶边上，压得过低的眼神冷得可怕，有着呼之欲出的藐视意味，"应该是挺瞧不上我姐吧？"

陈双双看见了她扬得很高的眼线，凌厉的线尾好像一把朝她脑袋挥舞而来的镰刀。她偏偏无法为自己辩解，嘴唇张开又合上，她说："以前听谢凡提到过你，她说你也有潜水方面的从业资格。你愿不愿意，继续为我工作。"

谢玉敬的脸上一时掠过了各种复杂的神色，皆化作一句："你疯了还是我疯了？"

她说话很锋利，半点情面不留，在这点上她和谢凡截然不同，谢玉敬毫不在意自己的言语会不会刺伤什么人。

"是在谢凡失事的那片海域。"陈双双面不改色地道，"我想，我有没办法逾越的心结，你应该也有。但是如果我的贸然来访打扰了你已经归于平静的生活，我很抱歉，请当作我没来过。"

"除此之外呢？"谢玉敬问。

"她在海上的时间很长，我不敢说我足够了解她，不过关于她的一切，我都想讲给你听。"陈双双说得很诚恳，她至今都不知道，谢玉敬答应和她一起走是不是被自己所打动，但她抬起头时看见谢玉敬顿了顿，没再说出难听的话。

03
bpm

陈双双的身体状况很糟糕，在登船后的半个小时逐渐出现晕船症状，五官像分布在白纸上的图案，五脏六腑像是凝成了一团，黏糊着缠连在腹腔里，她吐完又昏睡过去。紧锁的眉头让谢玉敬无奈地扶住人趴在自己腿上，小心地维持着一个姿势，像是生怕陈双双有什么不舒服。

船上有一位从国外特邀的顾问，说着一口蹩脚的英文和半生不熟的中文，刚上甲板就赞美了谢玉敬浅金色的短发很漂亮——当天日照光线良好，她仿佛成了另一轮太阳。陈双双睡着后，与谢玉敬聊天的顾问便识趣地离开了。

谢玉敬尽量保持着身体的平稳，在不惊醒陈双双的前提下，她拉开了随身携带的背包拉链，拖着那根细麻绳拎出了一本被串得结结实实的潜水日志。

这本日志装在名为谢凡遗物的箱子里被前公司连同抚恤金一并送到了家，她在母亲的哭声中翻出了谢凡记载在潜水日志最后一页的悄悄话：

"唯有投身蔚蓝无垠的海水中，得以博取心灵片刻的宁静。"

那一刻她的怒火仿佛也被蔚蓝无垠的海水浇熄，谢玉敬感到了前所未有的茫然，她没有像失声痛哭的母亲一样流下泪来。谢玉敬明白，谢凡再也不会像每次航行结束后回来时那样亲亲热热地叫她阿敬，这样的空虚感甚至大过了悲痛。

现在，她坐在船上，膝上枕着陈双双苍白的脸，情不自禁地想如果谢凡在这里就好了。

她要问一问谢凡，死亡是否可以视为生命之海中所容纳的蔚蓝无垠的海水，投身其中便可使心灵获得永久的宁静。

"我以前不晕船的。"陈双双不知什么时候睁开了眼，她不好意思地直起身，靠在了椅背上，虚弱地喘了两口气。

"那次之后就开始了吗？"谢玉敬合上了潜水日志。

陈双双没有正面回答她："有两年的时间，我不曾靠近海。"

听起来还有下文，谢玉敬等待着，不过很遗憾，这次的谈话便终止于此了。陈双双疲惫地阖目，不太均匀的呼吸昭示着她正极力忍耐来自身体的不适。

一句对谢玉敬说的"谢谢"欲言又止——她真正该做的不是道谢，而是忏悔。

是她拉谢凡加入这个项目的，在公司的众多潜水员里，她一眼看中了谢凡过硬的专业技能和知识储备，当时的谢凡正在跟进一个地面工作组。

谢凡热爱海洋，即便深谙看似平静的水面下潜藏着可怕的漩涡暗流，她仍愿将热情和精力奉献其中。

陈双双和谢凡的谈话只持续了十分钟，谢凡就对她的邀请心动不已："我没有参与这项计划的资格，双双，谢谢你，但是……"谢凡腼腆地低下头嗫嚅着，被自信满满的陈双双打断了。

"你想不想去？不要考虑什么资格，你只要告诉我你想不想去，其余的我来想办法解决。"

谢凡瞳孔里黯淡的光骤然明亮了起来，她用力地对陈双双点了点头。

谢玉敬若有所思地看了看陈双双渐渐蹙起的双眉，和姐姐的合照上，这个女人的眉眼愉悦地舒展开来，很难想象她会在镜头前露出那样似笑非笑、颇具怜悯意味的神色。

谢玉敬第一次看见那张相片时翻来覆去地打量了许久，陈双双穿着一件和男人同款的工装，身上散发着知性的典雅气质，可她笑容里的傲慢，破坏了整体的和谐性。

大约是一个脾气很坏的人吧。谢玉敬得出结论。

在教导谢玉敬如何有条不紊地完成水下作业这件事上，陈双双展示着出乎所有人意料的耐心。利用有限的氧气在幽深的海底发挥出最大的价值，谢玉敬出色地完成了首潜。

在之后的数日，没有了从前紧锣密鼓赶进度的危机感，陈双双和谢玉敬更像是来度假，工作的事只是顺便，她们并不缺这份工作所带来的经济收益。

三副有时会驱一只小橡皮筏去海钓，从舷侧放下，带着钓具，偶尔会邀请谢玉敬。谢玉敬为他的鱼钩穿上饵料，肥美的沙蚕能够吸引来中上层的鱼类。三副娴熟地甩杆入水，谢玉敬托腮坐在他身边静静地等，眼角的余光瞥到了站在高处的陈双双正扶着栏杆。她很少见地穿了一条纯色的裙子，谢玉敬从未见过她这样的装束，于是好奇地仰起头去看，陈双双并没有注意到她，而是兀自向远处眺望。

陈双双在岸边买了一顶帽檐宽大的草帽，是当地人自己手工编织的纪念品，物美价廉，她很适合戴这种文艺漂亮的饰品。像年轻的、不谙世事的学生，尚未背负那些宿命强加的厄运，迎着风，神情愉悦自由，有那么一刻，她这个模样和谢玉敬记忆里的谢凡重叠了。

海风凛冽，三副正在收线，水底咬钩的鱼拼命逃窜，拖着透明的渔线向更深处潜去。不用说，三副更胜一筹，他提着鱼丢进一旁的铁桶。把钩取下来时，谢玉敬看见被拉豁的鱼嘴正疼痛地翕张。

　　日期的概念在海上异常模糊，有经验的水手会通过天上的星斗判断目前船只所在的位置，她们已经离岸很远了，除却枯燥的工作和下水任务，谢玉敬发疯似的想念自己那把吉他和楼下流浪的猫。寂寞得太痛苦，她就拿着盆或者碗打着拍子唱歌，一首英文歌飘荡在波涛之上，很快被潮水涌动的哗哗声吞噬殆尽。

　　陈双双习惯于这样周而复始的行程，她的工作日志记录着密密麻麻的蝇头小楷，谢玉敬已经和其他同事打成一片，衬托之下，陈双双的融入看起来更为困难。虽然谢玉敬是接受了她的邀请才会上船，但她很少主动与谢玉敬说话，大多时候是在背后默默地注视，谢玉敬会感受到两道目光，不那么有压迫感，却始终粘连在她身上。

　　结束一日的工作，谢玉敬洗过澡回到房间，船上的单间船员室十分狭窄，只容纳了一张单人床，单人沙发紧贴着床铺，再加上一只简易的固定在地面上的小木桌就是屋内的全部家具。她用干柠檬片冲了一杯温水，喝完沉沉睡下，入夜后似乎下起了小雨，她听得不清晰，支起身只觉头痛欲裂，脑袋昏昏。恰在此时，门竟被敲响了，她的房间很少有人来，除却几位女性同事有时会在周末来找她去休闲室打扑克牌。

　　谢玉敬沙哑着嗓子问了声谁。

　　门外的人踟蹰了片刻，方才回答道："是我。"

　　传来的是陈双双的声音，镇定又冷淡的语气，一定程度上抚平了谢玉敬因头痛而变得烦躁的心情。她起身趿拉着鞋去为她开门，手摸上冰凉的把手，清醒了大半。

陈双双拿着的盘子里盛了几片切好的黄油烤面包，她说："晚上找出来一盒黄油，吃饭的时候也没看见你。给你留了点。"

黄油馥郁的香甜气味催得本就头晕脑涨的谢玉敬差点干呕，她扶着门错开了点身子让陈双双进来。走廊里寒气逼人，她能确认的是外面的确下雨了，船摇晃着，陈双双的步子也有些趔趄。

"我不喜欢吃黄油烤面包。谢谢你专程来一趟。"她直白地说罢，反手关上了门。

陈双双看着她的背影，她的身段很匀称，略显单薄的睡衣让谢玉敬的身材曲线若隐若现。

"大学的时候，我去附近的艺术大学画室兼职做过模特。"谢玉敬留意到了她的目光，看穿了她在想什么似的，说道，"摆着同一个姿势，撑伞或者扶着西洋帽的帽檐，为了不让身体觉得累，我经常会胡思乱想分散注意力。那时候我姐已经在海上了，寄回来的明信片盖着各种各样的邮戳。她有时候会提到你。"

"什么？"陈双双有一点紧张。

"陈双双。"谢玉敬一字一顿地念着她的名字，声音更低了，"她说你愿意引荐她加入一个很重要的项目里。"

陈双双把手中的烤盘放在了桌子上，为了防止船体颠簸造成不必要的损失，桌面上铺了粗糙的防滑垫以增大摩擦留住桌面上的陈设。

她回过身来，谢玉敬以为会看见她懊恼或痛苦的神色，但是没有，陈双双没有表情的脸上看不见任何情绪的起伏，她从容的态度激怒了谢玉敬。

"那次的事故就是这个项目工作造成的吧？"她抛出了尖锐的问题。

"是的。"陈双双说。

"那天也不应该由谢凡下水，她在早上已经进行过一次水下作业，公司的轮班制度是四组水下工作人员交替，不过她主动提出了要去。我至今也没有想明白为什么。晚上能看见什么呢？我下过水，我不喜欢流动的黑暗从四面八方逼仄相挤的感觉，那会让我觉得自己身处怪物的胃里随时会被消化掉。"陈双双不卑不亢地道。

说话间，谢玉敬已经站定在了她面前，她继续说："事故发生后，总公司派来了很多艘救援船，为了寻找谢凡。项目暂时搁置，研究员被遣返上岸，我不愿走，救援队带着我……每一次打捞都是落空，我还是忍不住期待下一次的铺网。尽管我们都清楚谢凡生还的概率很渺茫。"

除去陈双双说话的声音，雨声卷着风声合鸣，谱成一曲温柔的雨夜伴奏。

"我和谢凡关系很好。"顿了顿，陈双双脸上终于流露出了些许悲伤，"我自认为，她把我当作朋友了。"

"但你当时并不这样觉得。"谢玉敬一针见血地指出，"她是你的下属，你看得上谁呢？即便只是做朋友，她在你眼里也是不够格。"说到激愤处，谢玉敬仗着身高优势欺身压上，陈双双被她逼得不断往里退。

"是啊。"她没有否认，"我太年轻了，轻狂自大，同期很少有平级的同事和我说话，我想当然地将之归咎为优秀者遭人妒忌。谢凡和你很像，很招大家喜欢，她愿意和我说话，我比她年龄小一点，她说把我当妹妹，自然而然地说到了你。"陈双双已退无可退，谢玉敬的身形仍是咄咄逼人。

"谢凡说，她有个妹妹。很喜欢海，就是小时候差点淹死。"陈双双的话让谢玉敬稍微冷静了一点，"她很羡慕你，'只会一味妥协的人生永远掌控在别人的手里'，这句话是你和她说的。她一直在被你保护，在学校也好，在家也好，好像你才是那个姐姐。于是她想为自己勇敢一次，得到了你的支持，她瞒着家里报考了潜水证。这些都是她对我说的，细碎故事，从不能连贯，有时候临时开会，时间很紧，话说一半我们就往会议室赶。"

"为什么来找我。"不知不觉，谢玉敬的呼吸变得很重，她低着头，房间内的灯光被她的脊背挡在身后，陈双双看不清楚她的眼睛，却可以感受到谢玉敬烫热的鼻息。

"我希望能够见你一面。"陈双双说着，声音陡然软了下去，"我始终亏欠谢凡的热情和真诚，我……"

"你不欠她。"过了好一阵，像是很艰难，谢玉敬说出了这句话。

"我那天看到你背着吉他蹲在楼下喂猫。你和谢凡长得一点也不像，但我差点就要对你脱口而出一句抱歉，不再是因为谢凡的失踪我有着难辞其咎的责任，而是对你，对你谢玉敬本人，我想我真的做了一个很糟糕的决定。"陈双双压抑了两年的情绪势如山崩，她用掌根不断按压眼窝，"今天下雨了，谢凡在那次下水前和我说的最后一句话是，她想回家，吃黄油烤面包。"

"所以你才——"谢玉敬说着斜了斜身子，看向桌子上的餐盘。

"不论你想不想听，这些话我都必须要和你说，我憋得太久了，对不起，对不起。"陈双双宛如鹌鹑，垂下头抑制着哭腔，吞吞吐吐地道着歉，"可我至今仍然毫无长进，擅自把你带来了这种地方。"

谢玉敬的手猝然伸到了陈双双的耳后，捧着她的脸强迫她抬起头来。

"我说了，你不欠她。"谢玉敬的声音愈加沙哑了，"我跟你来这里，不是为了听你说这些。"

很大、很凉的掌心，那双手上有着雨水的温度。谢玉敬的眼睛深邃又沉静，她紧紧地盯着陈双双，没有初见时的敌意。陈双双能够窥见她浅金色的发丝边缘，灯光镀在上面，其余的光芒薄薄地打在谢玉敬如男子般英气的鼻梁上，在嘴唇上略一停顿，漫漫铺撒向下颌，因她微微颔首的动作，最终消失在阴影里。她们仿佛同病相怜的生命旅人，一个失去了唯一的姐姐，一个后知后觉才发现失去了唯一的朋友。

"来到这里，单纯是为了更了解她一点。该为那场意外道歉的人很多，比如你们的股东和负责人，那个来送抚恤金和遗物的男人甚至不愿进我家的门。"谢玉敬说，"我的潜水证比她的晚考许多，她出事之后，家里一度禁止我靠近海，于是我回到了那座生养了我们二十年的城市。

"她喜欢这里，看得出，这里应该也很喜欢她，所以把她留了下来。不过我实在好奇，这是一个怎样的地方，我也想亲眼来看看。她写在日记本上的那句话究竟有什么含义，双双，'唯有投身蔚蓝无垠的海水中得以博取心灵片刻的宁静'是什么意思呢？"

外面的雨有加大的趋势，狂风呜咽着撞击厚重的钢板，飘摇在风波中的船缓缓地航行，毫无征兆的剧烈颠簸让二人措手不及，双双趔趄，撞到一处跌倒在地。陈双双压着谢玉敬，终于察觉到了从进门起的违和感是怎么回事。

她用手背贴了贴谢玉敬的前额，滚烫似火的触感让她好像被燎到了，她猛地抽回手诧异道："你发烧了。"

窄小的居室此时像极了一只摇篮，外面摇晃着它的大手看起来脾气不太好，她们都成了摇篮里的婴儿，脆弱柔软，任由摆布。

"没事，已经吃过药了。外面的雨声好大，你听。"谢玉敬的声音因病微弱得如同一簇摇摇欲坠的火苗，伴着沉闷的雨滴砸落在铁板上的噼啪。细密的雨丝坠落在坚硬的甲板上，坠落在游鱼光滑的背脊上，坠落在辽阔无际的大海中。

"这里比水里还冷。"谢玉敬发出了梦呓般的呢喃。

05

过去一天，谢玉敬就用钢笔在谢凡的潜水日志最后一页划一条杠。

歌唱倦了，扑克牌也玩腻了，她逐渐习惯了这样的生活节奏，只是钦佩三副对海钓的热情依然不减当初。陈双双教她玩数独游戏，从杂志扉页剪下来的数字方格贴在笔记本里，她教陈双双弹吉他，六根弦拿麻线代替，用钢丝箍一个三角形的简陋电吉他形状，并不能弹出来声音。但每当谢玉敬拨弄那几根颤颤巍巍的麻线时，陈双双总觉得有音符从她修长的指间流淌了出来。

海上的日照毒，谢玉敬被晒得黑了至少三个度。那头浅金色的短发长出了黑色的新茬，蛇蜕皮似的断层分明。不甘寂寞的同事们憋得抓了狂，团建被正式提上议程。

挑选一个月朗星稀的晴朗夜晚，大副说舱底有上次租借船只遗留下的彩灯，一直没来得及扔，谢玉敬和那位异国顾问捣鼓了半天，两个人语言不通，中文英文加手语比画了半天，沟通居然毫无障碍。

彩灯缠绕上桩柱，连接上电源，花花绿绿的小灯宛若繁星，争先恐后地闪烁起来。

海上资源有限，所谓团建也不过是拿出了一些平时少见的吃食堆在餐桌上，东拼西凑，倒也凑成了一桌像模像样的自助餐。

大副友情赞助了几瓶珍藏的酒，酒标上花体的外文谁也不认识，不过酒劲出奇地上头，几杯下肚，谢玉敬亢奋了许多。她不胜酒力的牌友之一已经醉得不省人事，顾问在和项目组长聊国际局势，有人大声喊了一句："再也不想坐船了，我想去西部当牛仔！"将气氛推向了高潮。

喧闹中，有人大哭有人尖叫，陈双双还在摸桌子上干瘪的杨梅干，刚塞进嘴里就被谢玉敬悄悄拉走了。她们的步伐越来越快，从这头狂奔到了另一头，嘈杂的人声被甩在身后，经过潮水的洗刷，那声音变得湿漉漉的，格外遥远。

陈双双也喝了一点酒，她上脸很快，此时双颊红得像粉桃。

"干什么？"她好奇地道。

"你会跳舞吗？"谢玉敬问。

"不太会，大学的时候联谊会上跳过，早就忘记了。"陈双双有些抗拒。

"没关系，我教你。"谢玉敬笑道。

盛情难却，陈双双见状小心翼翼地拉住了谢玉敬："被我踩到，你可不要恼火啊。"

"我脾气好。"谢玉敬面不改色心不跳地说，"小时候在家，我爸不让我们看电视，我和我姐没事做就跳舞，不过那时候没学过，说是跳舞，其实是牵着手乱蹦。"

"你？"陈双双忍不住笑了起来。

她笑的次数屈指可数，因此谢玉敬看得特别认真："我啊，我怎么了？我脾气是真的好啊，谢凡看了都说好。她有次把我拖鞋踩烂了，我都没发火。那是我最喜欢的一双拖鞋。"

"姐姐哄妹妹的话，你也信？"看她一本正经的样子，陈双双也收敛了笑意打趣道。

"那时候气得光顾着哭了，没空生气。"谢玉敬小声接话，"待会儿你踩我，我也哭。"

"嗯？"陈双双晕头转向，此时看谢玉敬都有两个重影左摇右摆，"我不会哄小孩，我是独生女。没有弟弟妹妹。"

"这好办，我也叫你姐姐。"谢玉敬吐字清晰地叫道，"你现在有了。"

没有给陈双双预留反应的机会，谢玉敬扶着她的手，跳的是再常见不过的社交舞步伐。

陈双双无故多了个妹妹，着实猜不透谢玉敬这话中的深意，她自知无法取代谢凡，更没有奢求得到谢玉敬的原谅，这是赎罪，她不敢僭越，连反应都慢了半拍，惊慌失措地以女步去迎谢玉敬的男步，可无论如何都不能集中精力。没有伴奏，仅剩下鞋跟碰撞地板的笃笃之音，她踩到了谢玉敬的脚很多次。

如果能够——

陈双双的思绪顿住了，她望着谢玉敬的生动眉眼，倘若那时递去谢凡死讯的是自己……站在门那边的她会是怎样的表情呢？谢玉敬好像已经释怀，心无旁骛地起舞，但陈双双知道自己无法装作一切都已过去。

她是深陷局中的人，亏欠谢凡的只能用另一种形式还给谢玉敬，因此在收到这家公司的出差通知后，她的第一反应就是谢凡的妹妹。

"慌什么。"谢玉敬平静地道，"跟着我来，找你自己的节拍。"

可以吗？陈双双的步伐慢慢应上了她。没有血缘作为纽带，她头一回扮演一个姐姐，像过去谢凡陪她做的那样，生疏但颇有耐心，努力回溯着印象里老旧的光阴。

她仿佛看见了谢家姐妹的童年，长而和煦的日光下，她们咯咯笑着，牵手奔跑过铅灰色的水泥路面。

没有音乐和观众，明月当空，水被照得波光粼粼，她们在这方漂浮在海面的钢铁大陆上舞蹈，万物成歌。

"我一开始不是学吉他的。"谢玉敬猝然开口。

引得陈双双睁圆了双眼："那你是学什么的？"

"我是弹钢琴的。"谢玉敬难以启齿，整理了半天语言，才继续道，"我爸看了一次钢琴演奏，那个琴手是个女孩儿，穿了条白色的雪纺裙，真好看，我爸走火入魔了，非要我去学。"

陈双双想象不了谢玉敬一副乖乖女打扮坐在黑白琴键前的样子。

"然后呢？"她问。

"我姐在学吉他，但是她想学钢琴。"谢玉敬扬了扬唇角，像是想到了什么有趣的事，"钢琴老师是个七八十岁的老先生，眼神不好，我经常去签个到，然后让我姐顶替我在琴房里练琴。我们成年后长得不像，可小时候因为发型和衣服都一样，所以看起来还是挺像的。老师路过她身边，都会嘀咕一句，小谢是不是变高了——哦，那时候谢凡比我高。快下课的时候，谢凡借口上厕所出来和我交接，我再大摇大摆地回去一次，老师又要嘀咕一句，怎么矮回去了。"

陈双双再次乐开了，露出两个深深的梨涡。

"后来啊，纸包不住火……"谢玉敬沉思，脚下的步子一滞，陈双双的舞步也慢下来，"要比赛演出了，我没上过几节课嘛，三天打鱼两天晒网的，怎么弹琴，理所当然地就露馅儿了。

"我爸气疯了，非要揍我，我绕着茶几跑了四五十圈，硬是没让他逮到。他上气不接下气，问我到底要怎样……我要怎样？

他从来都没有给过我和谢凡选择的权力。就像谢凡想学钢琴，他偏偏说谢凡更适合吉他，而我想学吉他，却被送去弹钢琴。他的权威不容挑战，谢凡逆来顺受惯了，直到突然被我摆了一道，他才意识到，我们是有着自己的思想和喜怒的活生生的人。"谢玉敬说着，抵身一顿，给了这支舞一个猝不及防的结尾。

"回去以后，你可以弹琴给我听吗？"陈双双问罢才意识到这句话说得有多冒昧，不料谢玉敬不假思索，爽朗地答应了她。

"一言为定。不过我弹琴没有弹吉他好听，略懂粗浅的皮毛，你别笑话就行。"谢玉敬说，"水平大概就是，马马虎虎弹个《玛丽的小羊》吧。"

陈双双问："玛丽的小羊巴是什么？"

谢玉敬在静默了三秒后捧腹大笑。

06
bpm

水温正常，移速正常，装置检测正常，通信设备通畅。

记录员下达了指令，谢玉敬扑通一声跃入水中。

即将踏上返程的归途，每个人都归心似箭，船长室里摆的那只台历日渐消瘦，撕去的一页页日期都被填了纸篓。

陈双双想，她还是不太适合这份工作，成为海洋学者不过是她母亲一直以来未能实现的梦想而已。至于自己究竟喜欢做什么事，她还需要时间去仔细揣酌。

她舍不得删去那篇即将完工的学术论文，即便它也许再也没有重见天日的时候，她唯一感到愧疚的，是为她和她的研究辛勤奉献的老师。

在她阐述过自己的想法之后，老师沉默了良久，她甚至已经准备好了接受老师的失望和怒火，然而，没有。

电话另一边的老人叹息罢，说道，学习之程，重在学习，有所收获。摒弃功利之心，已是难能可贵。倘若如此就能使已枯朽的起死回生，放弃未尝不是另一种价值。

宛如一汪已干涸的空井再度焕发新生，她终于捧着电话流出了眼泪。

陈双双随身携带的水杯里盛了温水，谢玉敬还自告奋勇为她添了冰糖两块、菊花若干。陈双双觉得味道不错，清新甘洌，于是给正在水下工作的谢玉敬留了半杯。

晴日灿烂，陈双双用手当作帽檐遮着眉骨远望，记录员不断在便签本上登记着数据，但联络员的眉间骤然覆上了一层阴云。

陈双双率先注意到了他细微的表情变化，忙问道："出什么事了。"

"可能是磁场干扰导致的信号不稳定……"他一面说着，一面不断呼叫着一串编号。

那是谢玉敬的编号，陈双双早就烂熟于心，一刹那她的心跳加速，紧张得喘不过气来。

"距离上次传呼收到信号是一分半钟之前，下潜深度大约在十九米。"联络员汇报着情况。

这回陈双双听清了，她强迫自己冷静下来，在持续传呼没有回应的情况下，她果决地提出了自己的要求："我要下水。"

毫无疑问，这个要求被驳回了。

没有任何转圜的余地。下潜作业危险系数太高，她不是专业的潜水员，也没有接受过系统的体能训练，贸然下水只会让局面更难掌控。

"我可以下水，我会游泳，我以前加入过青训营，让我去找她吧，让我去……"陈双双一遍又一遍地重复着自己的诉求，她六神无主，情绪激动到难以平复。

"请你回应，请你回应。"呼叫仍未终止，水面上风平浪静。是供氧系统崩溃还是受到了水生生物的袭击，现在一概不知。

"不要拖了，现在就去！现在就去啊，救人啊！"她张开口，发出的声音尖利得让她自己都感到害怕。不过须臾，却漫长得仿佛能以年相计，分秒都扩到了无限大，她痛苦得只会歇斯底里地求援。

"那是什么？"一直看护着陈双双的记录员倏地指向了不远处，一阵剧烈的波纹荡漾开，似乎有什么东西要从底下钻上来。下一秒，熟悉的人影露出半截漂浮在水面。

谢玉敬气喘吁吁地向联络员打了个手势，表示无线联络出了故障，必须中止工作任务。

所有人都松了口气，一不留神，又是水花四溅，陈双双毅然决然地纵身扑了下去。

人群中爆出阵阵惊呼，首先慌了神的是谢玉敬，她不知道这短暂的几分钟里发生了怎样的变故，只得朝着陈双双落水的位置去接她。

有人用长绳捆了救生圈抛下去，但陈双双没有去捡，她头一回体验到海水和淡水的天壤之别，忽然变重的四肢令她无法思考，她费力地游向谢玉敬，脑中只剩下唯一的念头：靠近她。

她不会再任由这片看起来沉郁无害的深蓝色夺走她所珍惜的人却无能为力了。

07

谢玉敬捞住了浑身湿透的陈双双，她紧紧抓住谢玉敬的胳膊，紧到谢玉敬觉得自己又要沉下去了。

"双双，怎么了？"谢玉敬摸不着头脑道，"出事了吗？"

陈双双已经无暇开口说话，风和日丽的好天气，明媚和煦的阳光散落在她湿漉漉的头发上，她用力地抱住谢玉敬，苍白的唇角微微挑了起来。

她抚摸着谢玉敬的头、捧着她的脸反复打量，如同确认是否完好如初的珍宝。

喜极而泣，陈双双两眼滚出几颗浑圆的眼泪。她拥得谢玉敬肩胛骨都有些痛，后者听见了她微弱的呢喃，字句却不很清晰。

她们一齐朝着船上抛下的绳索游去，身后拖曳的长波在日光下粼粼而动，尾巴似的鲜活动人。只有陈双双知道自己刚才说了

什么，谢凡，我保护好她了吗？她问谢凡，也问自己。宛如再度
找到信念和必须坚守的意义。

　　她看了一眼谢玉敬，那手握得更紧了，五指紧紧地相缠，数
年前另一个人便也是这样守护着她的吧。

三杯吐然诺，五岳倒为轻。

少年人的承诺也是承诺。

蛀
夏

Butterfly effect

CHAPTER 08

自我保护小混蛋

×

温柔包容腹黑女

蛀夏

Butterfly effect

文 / 司礼监秉笔背包叔

活得固执而新鲜。

01

夏天，是马言最讨厌的季节。

她自小便很不擅长应对夏天，这个不擅长主要体现在身体上，只要气温高于她能忍受的程度她就会出现嗜睡、厌食等症状，小时候她还因为这个事住过院，老人家通常称这种情况为蛀夏。

虽然医生说等长大后身体素质提高了，蛀夏的情况就会好很多，但是不爱运动又格外挑食的马言完全辜负了医生的嘱托，在成长过程里完美避开了正确的生活方式，整个人既不强壮也不健康，以至于到了 28 岁还会因为天气太热而拒绝聚会，早早回家躺在空调房里。

明明时间才 7 月初，可今年的夏天似乎来得格外早又格外猛，一直到晚上温度都还没降下来，洗完澡的马言出来又将客厅里的空调调低了一度。所以当高越打开门进来时，立刻被这房间里的冷空气激得鸡皮疙瘩起了一身。

"你家也太冷了吧！"高越将手里的餐盒放在桌上就蹦跶着四处找遥控器，一边搓着手臂一边快速把空调调到28℃。

穿着宽松短袖的马言看了一眼餐盒没动弹，继续躺在沙发上："你怎么过来了？今天不是聚餐？"

高越自然地穿过客厅去马言的卧室里找了一件外套裹着后才靠着门框说："我猜你肯定懒得吃饭，所以过来监工。"

马言听完她的话还是没动："太热了，不想吃。"

高越走到餐桌前把餐盒从塑料袋里拿出来，是两盒还温热的水晶虾饺，薄薄的皮里透出粉色的虾肉，看起来很诱人。高越将餐盒盖子打开端到茶几上，醋碟都拿出来了，这下马言也不好再推辞了，只能先坐起来以端正态度。

"知道你肯定没胃口，所以我特意买了点清淡的东西。"高越随手拖了一把椅子坐在她旁边，"整天不吃东西，修仙啊。"

马言抬眼看了她一眼："好啦，知道了爹。"话音刚落就哀号了一声——高越毫不犹豫地踹了她的小腿。

龇牙咧嘴揉着小腿的马言只能挤出一个笑容撒娇着说："好啦老高，爱你哦。"

"少油嘴滑舌。"高越白了她一眼，把筷子掰开后塞进马言摊开的手里。

厌食是蛀夏症状之一，也是马言最容易犯的毛病，每一年夏天马言都会因为不吃东西而闹出点事，有一年甚至在公司开会的时候忽然倒在众人面前，把大家吓坏了。

所以高越在朋友聚会上听说马言不来聚餐是因为要回家睡觉之后立刻意识到夏天来了，马言怕不是又不想吃东西了。

作为马言 14 年好友的高越对于她的这种情况可太清楚了，当年还是初一新生的高越就曾背着军训晕倒的马言去医务室，也是从那个时候高越才知道世界上有蛀夏这种病，在此之前她从未想过有人会因为季节而感觉不舒服。

在此后长达 6 年的同学生涯里，她见识到了马言在夏天是如何想方设法地逃避体育课、不吃晚饭和上课偷偷睡觉的，也慢慢摸透了马言的一些夏日生存法则，甚至会在她逃去医务室吹空调的时候给她打掩护，算是非常懂得马言身体的人。

就算两个人高中毕业去了不同的国家留学，这段关系也一直没有断过。讨厌夏天的马言跑去了瑞士念财务，偏偏高越选择了去新加坡念工程，每一年马言跑去看高越都会忍不住咒骂她："可恶的女人，你就不能选个高纬度的国家吗！"

高越一边给她提行李一边说："你可以不要来。"

马言会一边把空调开到 22℃一边叉腰："那不行，我担心你忘记你最好的朋友是我，我可不能让别人占据了我的位置。"

本来两个人约好毕业后一起去上海工作，可高越还没毕业就被一家北京的公司签走，6 年后才来到上海，这时的马言早已从当年的浑不懔的职场新人，修炼成了八风不动的高岭之花。虽然生活习惯还是一塌糊涂，但是活得非常自洽。

比如高中时期的马言会因为被高越发现不吃蔬菜而拉着她撒娇："人家再也不敢啦。"

而现在的马言会当着高越的面把虾饺拆开只吃里面的虾仁且毫不愧疚："我的胃功能这么弱，必须要有所取舍，这也是没办法的事情。"

高越只能另外找了一双筷子把马言剥下来的虾饺皮吃了："你这样身体会好吗？"

马言郑重地点点头："没关系，你不用担心我，我身体好得很。"

高越摸着下巴："哦？去年脑缺氧住院，打电话给我让我从杭州赶过来陪床的是谁？"

马言正色："是医生。我都神志不清了怎么打电话？"

面对如此厚颜无耻的发言，高越选择武力镇压，让打输了的马言在阳台大喊三声"我会好好吃饭"，这才鸣鼓收兵。

不过就算马言嘴上这么说了，她的身体也没法积极配合。

平时马言睡觉是一定会将空调开整夜的，但是既然高越要留宿就断然不会让马言这样生活，马言只能眼睁睁看着高越将空调定时在晚上2点关闭。

不过这次高越失策了，没有能够在舒适温度里睡觉的马言第二天起来就萎靡了，精神不济地吃了两口面包后就用手揉了揉胃。

"吃不下了，"马言盘腿坐在椅子上，歪着脑袋委屈地说，"不可以逼我，不然告你虐待儿童。"

高越盯了一会儿马言，确定她不是在假装之后才问："那马小朋友中午想吃什么？"

继续歪着头的马言思索了一会儿："唔，腌笃鲜。"

真不该给这个小混蛋什么选择权。

高越翻个大白眼："都 7 月了，哪还有春笋，你点菜能不能贴合实际点？"

马言又想了想："那佛跳墙？"

端着碗站在厨房门口的高越深吸了一口气："饿死你算了。"

但两分钟后高越又从厨房探出头："春笋肯定买不到了，用笋干代替行不行？"

早就知道会是这种结果的马言立刻举起手欢呼："好耶！"

可能因为中午的腌笃鲜是胜利的果实，马言就算没有胃口也很给面子地喝了两大碗，连连称赞高越手艺又精进了不少，她说："你看，你的进步都离不开我的鞭策，你第一次做给我喝的腌笃鲜可真腥啊。"

高越点头："这倒是，毕竟为了照顾你虚弱的胃得费点功夫。"

对此感到满意的马言继续得寸进尺："那佛跳墙是不是可以安排上了？我真的有点想喝。"

高越却一口回绝了："那玩意太腻太补了，你喝完也得吐，别浪费我的时间了。"

被拒绝的马言也不生气，反而饶有趣味地看了她一会儿，看得高越有点发毛，颇为警惕地问："干吗？别打什么歪主意啊。"

马言抱着膝盖摇摇头，倒是一副天真烂漫的样子："我什么也没想啊，你干吗把我想得那么坏，我只是忍不住感慨你真的好宠我。"

高越站起来收碗，随口说："知道就给我乖点，少给我惹麻烦，马上就夏天了，你今年再敢给我晕倒试试。"

马言仰着头看着高越起身，笑成眯眯眼："不敢不敢。欸，你下午陪我看电影呗，我刚买了会员。"

高越的身影进了厨房，只留下模糊的声音："我得回家了，下午还有事。"

过了一会儿高越从厨房出来了，手里还拎着一个保温盒。马言看到立刻出声："不是！你怎么还带走啊，我还打算留着下面条吃呢！"

高越怒斥："都喝两大碗了还不满足啊，这点我带回去给周瑶，她最近也闹着想喝汤。"

周瑶是高越同一公司的同事，与高越关系不错，最近两个人成了室友，于是周瑶这个名字出现的频率也逐渐高了起来。

听到周瑶的名字，马言懒懒地往后靠："啧啧啧，只听新人笑，不闻旧人哭啊。"

高越被她逗笑："得了便宜还卖乖，人家周瑶可是喝你剩下的。你吃完了就起来把房子收拾了，你桌上那么多乱七八糟的东西，快整理一下。"

马言没动，只是继续问："你下午干吗去啊？陪周瑶啊？"

高越低着头擦了擦桌子："嗯，之前就答应她要一起去电玩城了。"

马言伸直了腿，揉了揉发麻的小腿肚子："不想收拾，我喜欢我的东西都在原来的位置上。"她抬头看了一眼高越，又轻飘飘地看了一眼桌子，淡淡说了一句，"就算落满了灰也无所谓。"

高越分明听懂了，但她什么都没说，只是站起来伸了个懒腰："我回家了，你记得打扫卫生啊。"

马言百般不愿："请个阿姨不行吗，我干吗要自己干？"

高越穿完外套后走过来摸了摸马言的后脑勺："你整天不动才会身体又弱又吃不下东西，乖，起来干点活。"

既然高越都这样说了马言自然满口答应了下来，但是高越刚走她就把空调温度调低窝在电脑前继续工作，转眼就忘记了高越的嘱咐，等工作告一段落才发现晚饭又忘吃了。

02

这段时间大家都很忙，高越的公司正在竞标一个四川的工程，高越跟同事去了四川两次，为了写标书也熬了好几天，一直没有时间去找马言。

不过就算再忙她也会抽空问问马言的情况，这几天上海连发了两次高温预警，高越自己都会觉得太热不太舒服，更何况是马言呢，但每次高越问起来她都一副没事人的样子。

高越太了解马言阳奉阴违的个性了，就算马言再怎么信誓旦旦地说自己有好好吃饭也没法取信于她。

她找了几个朋友轮番去马言家看望，回来每个人都说马言精神不错，饭也吃了，这才让高越安心了一些。

等竞标的事情终于告一段落时间已经来到了7月底，周五下午竞标结果下来了，高越这些天的努力没有白费，整个公司欢呼了一阵后高越想到今晚可以准时下班就立刻给马言发了信息，让马言在家等她，她要亲自检查马言的身体情况。

可没等马言回复，老板忽然通知今晚一起聚餐，感谢大家这些天的辛苦，所有人务必要参加。高越不想参加这种所谓的庆功宴，她的领导是个很好说话的中年女人，要是高越跟她请假多半是可以躲过去的。

可周瑶就没那么幸运了。周瑶是行政部门的，直系领导是个极为难缠的男人，每次这种活动都要求周瑶必须参加，周瑶好几次吐槽过她们领导仿佛在把她当公关用。要是高越不去，周瑶连个均摊火力的朋友都没有，所以周瑶在微信上求了她一下午。

高越也不好太强硬地拒绝，只能一直温言软语地说自己晚上真的有事。

周瑶那边还没搞定，马言却来了电话，贱兮兮地说："哟，难为您老还记得我，我这半老的徐娘可就等着您大驾光临了。对了，来的时候顺便在便利店买点苏打水和冰激凌，我实在热得不想出门。"

高越被她的语气逗笑，故意迟疑道："哎呀，公司刚通知今晚聚餐，我恐怕跑不掉，估计去不了你那了。"

那边马言的声音一下子懒了下来："哦，不来就算了。"

"你快求求我，"高越笑起来，"你求我就想想办法。"

马言哼哼唧唧："随便你喽，我干吗要求你……"

"高越！我求求你了！"周瑶从外面冲进来一把拉住了高越的袖子，"你今晚一定要陪我，让我一个人去参加这种公司聚会我会窒息的。"

马言显然是听到了周瑶的声音，话音一下子停了。高越转过头看周瑶，周瑶年纪小撒起娇来也自然，正扯着她的胳膊摇来摇去："陪我去，陪我去，别让我一个人去。"

高越指了指手机暗示她在打电话，周瑶这才安静了一点，但还是紧紧揪着高越的袖子。

"是周瑶。"高越跟马言解释，"今晚聚餐她要去，想让我陪她。"

马言听完后沉默了一会儿："你放我鸽子就是为了陪她？"

如果省去很多定语和前提，好像确实可以这样理解。

高越本想否认来着，但恶趣味的心态一旦起了就有点遏制不住，于是她眯着眼睛思索了一会儿，忽然对马言说："今晚我就不过去了，你要苏打水和冰激凌是吧？我给你点外卖，要什么牌子的？"

"哈根达斯抹茶味的，谢谢哦。"马言愉快地挂了电话。

居然没生气？

高越疑惑了起来，收起电话回头看向周瑶："行啦，我今晚也会去聚餐的，你别缠着我了。不过结束之后我要去马言那，你自己一个人回家。"

周瑶立刻抓起高越的手举高然后快乐地和她击了个掌："没问题！我会乖乖回家的！"

周瑶刚走，高越就收到了马言的消息，问她们在哪里聚餐，高越也没多想就把地址发了过去，只当她是随口一问。

这时不知道公司里的谁忽然说了一句下雨了，高越从窗户看出去，雨不大但很密，在高温里很快蒸发，到傍晚的时候整个城市都布满了蒸腾的水汽。

这种天气是马言最讨厌的。

有一年马言去新加坡找高越，刚好碰上雨季，每天都差不多是这样的天气，又热又闷，又黏又腻，马言一来就严重蛀夏，吃什么吐什么，熬了几天后发高烧还引发了心肌炎，最严重的时候高越都在考虑要不要联系马言的父母了，但马言坚持拒绝了。

在医院住了三天后她才跟着高越回家，那天离开医院的时候已经很晚了，路上又下起了雨，马言就枕着高越的肩膀休息。马言的身体凉凉的，抵着高越的肩膀几乎只剩骨头，手腕细得好像可以被轻易折断。

"不可以告诉我爸妈。"马言低声嘀咕着，"我都没跟他们说我来新加坡，本来就不想让他们担心。"

高越也压低了声音，似乎怕吵到她："好的，我不说，我会照顾你。"

"那当然。"马言用手腕勾着高越的胳膊，"你得照顾我很久，直到我好起来为止。"

回想起这些事情，高越又忍不住担心起马言今天会不会觉得难受。

雨水陆陆续续一直下到了晚上，空气里满是恼人的潮湿感，依附在肌肤上好像一层揭不掉的水膜，偏偏老板为了氛围还挑了个带露台的餐厅，水汽不断侵袭进来，高越感觉自己湿得快要发芽了。

她不断看着时间，希望能早点撤退，周瑶也是默不作声地贴着她坐，只求在这场并不快乐的聚餐里当一个不被注意的小植物。

然而在这群人没吃多久，高越还在寻求早退时机的时候，她看到马言进来了，而且是打扮精致的马言，仿佛把她一年的工资都以服装和饰品的方式展示了出来，高越差点都没敢认。

还没等高越出声询问，马言倒是主动过来打了招呼。

"老高，"马言叫她，"晚上好啊。"她笑着环视了一圈，对着高越眨眨眼，摆明了要高越来介绍她。

高越只能站起来："那个，给大家介绍一下，这是我认识十多年的好朋友马言。"

马言这才对着大家大方地打了招呼："谢谢大家照顾我们家老高。"

高越的老板立刻客气地说："应该的应该的，高越是我们公司的明星员工呢。"

马言的目光掠过周瑶，友好地冲周瑶点点头，周瑶也立即冲她笑起来。

打完一圈招呼后，马言笑着离开了，走到餐厅另一边去就餐。有些无聊的单身男士立刻问高越这位朋友是不是单身，高越也只是笑笑说是单身，不过人很麻烦。

连周瑶都悄悄凑过来问："那就是你的好朋友马言啊，好漂亮。"

高越同意，但又补充道："那算是她仅有的优点了。"

周瑶压低了声音说："不过她太瘦了，就算为了漂亮也不能那么瘦啊。"

高越想要为她辩解两句，但张了张嘴又咽了回去。她朝马言坐的方向看过去，马言的背是挺直的，脖颈修长，看起来十分优雅。但从露出的锁骨与背脊来看，她比入夏时更瘦了。

说什么好好吃饭，一定没有做到。

高越想到这一点眉头皱得更紧了。

03

高越公司的聚餐一直持续了快三个小时，散的时候已经 11 点多了，高越帮周瑶打了车，看她上了车才折返回餐厅。

高越回到餐厅时，马言还坐在那个位置上，点的餐基本没吃多少，似乎笃定了高越会回来，所以当高越走到她身边站定后，她就从善如流地起身对高越说："我们走吧。"

可能是因为下雨，出租车行驶的速度比平时更慢些，上高架后更是在一片红色的车尾灯里缓慢前进着。

"你刚吃得太少了。"高越看着马言的手背，瘦到凸起的指骨，看着令人心惊，"这种天气还往外跑，你身体什么情况自己不知道吗？"

马言轻轻地把头搁在高越的肩膀上："唉，毕竟某人有了新朋友了，我这身体是不会好啦。"

像马言这种人，她若是正经说话，只听三分就好；但如果说的浮夸，多半是真心话。

高越微微侧过头，感觉这场景似曾相识，于是笑了笑："今晚陪周瑶只是因为这聚会不适合她一个女孩子独自参加，不是因为她比你重要。"

马言当然知道，可她的声音里没什么温度："你呀，仿佛有什么骑士病一样，看谁弱都想照顾一下，我夏天厌食你就想办法让我多吃点，周瑶不想一个人参加聚会你也要陪她。其实没必要，我们都不是你的责任。"

高越对此并不认同："你和周瑶不一样，她不是我的责任，但你是啊。"

马言自嘲一般地笑了："我那时候开玩笑的，你还当真了。"

"我是当真了。"高越这样说。

三杯吐然诺，五岳倒为轻。

少年人的承诺也是承诺。

过了好一会儿马言坐起身，她的脸在出租车昏暗光线里连线条都变得模糊起来，隔了很久她才说："我私心很重，我去新加坡找你只是因为担心你这样对我好的人，会因为长时间分开而忘记我。生病是意外，我却利用你的愧疚绑住你。"

她抬起头看向高越的眼睛，嘴角是微微上扬的，眼睛里却没有丝毫笑意，只有一层薄薄的水光。

她说："高越，我并不善良。"

最后两个人在小区门口的便利店买了苏打水和哈根达斯冰激凌，两盒冰激凌和两瓶苏打水装在一个袋子里，马言提在手里溜达着回去，左手是 3 万的包，右边是塑料袋，倒也很和谐，一路上晃晃悠悠的。

高越撑着伞，两个人一路上都没说话，两道影子渐渐被拉长，高越原本比马言还要高一些，但是今天马言穿了双 10 厘米的高跟鞋，硬生生比高越高了一截，高越撑了一会儿伞就累了，忍着没说。倒是马言把包和塑料袋一股脑儿地给了高越，从高越手里接过伞："累了不会说啊。"

"这不是学马女士装深沉嘛。"高越这样解释道。

糟了，马言好像更生气了。

小混蛋是不能坦荡的，她们得坚持抵赖、毫不悔改，这样才会让他们觉得安全。坦诚是怪兽，会吞噬她们的保护壳，让她们变得更加具有攻击性。

但高越始终觉得坦诚会让马言变得更可爱一些，所以她说："回去之后，要收拾一下你的桌子吗？"

马言闻言把伞往自己那边倾斜了一下，高越半个身子都暴露在雨里了，高越哭笑不得地拉着马言的胳膊往自己那边扯："我没有在暗示什么，虽然它们可能不在原来的位置了，但它们仍然是你的东西。"

回家后马言径直回卧室把身上奢侈品牌的裙子换成了普通的

短袖短裤，穿着拖鞋回到客厅时，看到高越正在收拾整理她的桌子，把一些平时用不到的东西都收纳到抽屉里去，还擦了擦桌子，将东西都挪动了位置，看起来清爽多了。

马言拿着冰激凌跟在她的身后："我到时候找东西找不到怎么办。"

"找不到你就打电话问我。"高越站起来转过身，从马言的手里夺过勺子挖了一勺冰激凌含在嘴里，转身又去收拾东西了。

"强盗啊，不会自己去拿啊。"马言穿着拖鞋用力踩了高越一脚才去厨房又拿了一个勺子。

等收拾得差不多了，高越才从冰箱里拿出另一盒冰激凌打开，马言早已吃完一盒了，正在往苏打水里加冰，瞥了一眼桌子只能耸耸肩："好吧，看着还行。"

"早就跟你说了。"高越靠着桌子一边吃冰激凌一边看向她："你只是太依赖习惯了，改变一下不会让你失去什么的。"说着说着高越忽然感觉一阵凉风袭来，一转头发现马言不知道什么候又把空调的温度调成24℃了。

"麻烦你为节能减排贡献一点力量吧！"高越立刻将温度调回去，将马言的抗议扼杀在摇篮里。不过教训完马言也差不多到该休息的时候了，以往高越都会直接住下，但是这次马言却催着她回去。

"快走快走，我今天不想听说教了。"马言推着她往外走，"改变就从此刻开始。"

高越还不放心，马言直接拎着她的衣服往她身上一盖就拉着她出门，高越没办法只能说："那我明天再过来，你别直接睡到中午，早饭要记得吃。"

马言满口答应了下来，但等高越走远了她立刻冲向卫生间，将晚上吃的那些东西几乎吐了个干净，咳嗽了好几下，捂着心口沉重地喘了一会儿才终于平静下来。

镜子里的马言看起来那么脆弱，但她低垂着眉眼，好像如释重负般叹了一口气。

04

她原本想一直睡到第二天下午，但是早上 9 点高越的电话就过来了，催着她起床。

她像平时那样敷衍了两句就挂了电话，可闭上眼睛躺了一会儿又挣扎着坐起身来，虽然没什么胃口，但好歹也学着高越那样烤了两片面包，就着牛奶吃了一些。

等中午高越拎着餐盒过来，看到的就是马言正坐在电脑前努力工作的样子，乍一看没什么特别的，但仔细一看，马言居然穿着运动服，旁边还有一个瑜伽垫。

"稀奇稀奇，我有生之年居然能看到马女士运动。"高越忍不住调侃，"我有种家有儿女初长成的满足感。"

马言指了指桌子："放那儿，我等会儿就吃。"

高越闻言就放下了，但是人也没走，就坐在沙发上休息，没一会马言出来了，伸了个懒腰："早起简直要了我的命，本来想说感受一下清晨和煦的微风，结果完全没有。"

高越想象了一下马言站在阳台上试图感受微风又被晒得滚回房间的样子忍不住大笑起来，马言用脚把高越蹬远了点，盘腿坐在地毯上打开餐盒："你以后别经常来了，你这样我会忍不住要依赖你的。"

高越看了她一会儿，也学她盘腿坐着："这是'多比自由了'的意思吗？"

马言立刻脱下一只袜子塞进高越怀里，寓意要送她自由。但高越捏着袜子反而有些哭笑不得。

"是我不习惯了好吧。"高越无奈地说，"你不让我操心，我反而觉得很寂寞。"

"你想干吗？"马言撑着下巴笑意盈盈的，"快，现在轮到你坦诚了。"

在马言的注视下，高越笑着拉过马言的脚又把袜子给她穿上了："嗯，让我继续陪着你吧。"

马言撑着下巴，四根手指有节奏地在脸上弹奏着，脸上依然是高越熟悉的调皮的笑。

高越直觉不对，她盯了马言一会儿，果断抬起手将马言的运动手环按亮，上面的数字明晃晃地昭示着马言今天毫无运动量可言。

这该死的小混蛋。

发现运动假象被戳穿，马言只能眨眨眼，将油豆腐塞进嘴里后往后缩："没说不锻炼啊，这不是换上衣服就发现有工作吗，下午我肯定动一动。"

高越盘腿坐在沙发上："行，我下午不走了，就在这里等你。"

眼看着躲不过去了，马言干脆往下一倒："唉，所有人都不相信我有自控能力。"

高越被她逗笑："因为你确实没有啊宝贝。"

马言躺在地上指着她："要是周瑶下午叫你去电玩城呢？"

高越摇头："不去，我陪你。"

马言满意地笑了："唔，要是你老板叫你去加班呢？"

高越慢慢靠在沙发上冲她挑眉："不去，没什么工作比你重要。"

马言的笑容更大了："那，老同学们叫你去聚餐呢？"

高越想了想："诱惑很大，但既然你都不去，我去的意义在哪里？"

马言在地上打了个滚："可恶，女人真的太容易被甜言蜜语蛊惑了，虽然我就是想听这种答案，但真的听到后只觉得好肉麻，哈哈哈。"

高越摸了摸下巴："毕竟世界上还有什么事情比马女士做运动更让人期待呢？"

闻言马言瞬间不动了，开始装死。

但装死是解决不了问题的，熬过中午最热的两个小时后马言被逼着在空调房里做瑜伽，为了求高越给她留两口可乐，马言甚至还跟着做了半个小时的瑜伽，什么借口都找遍了也不见高越心软，只能硬着头皮坚持做完。

马言本以为吃完晚饭就可以瘫在沙发上感受24℃的舒适凉风，结果高越非要拉她出门散步，说是唯有自然的凉风才能抚慰燥热的身体。

可是马言刚走了200米就感觉呼吸困难，非要抱着小区凉亭的石头柱子才稍微好一点，高越没办法，只能独自一人去小区门口买了冰激凌再折返回去。

回去的时候马言已经不在凉亭那儿了，找了一会儿才发现马言在试图溜回家。

高越也没恼，就这么跟着她一路往回走，但没过多久高越就发现马言走路实在太慢了，这显然不是急着回家吹空调应该有的速度，那么想来理由就只有一个了：她在等高越追上来。

意识到这一点之后，高越心满意足地笑了笑，步伐稍微快了一些，不动声色地拉近两个人之间的距离。

就在马言踏进电梯转身的一瞬间，高越也踏了进来，她步子跨得很大，一下子就顶到马言面前去了，脚尖抵着马言的鞋子，身体贴得很近。

电梯门缓缓关上了，在不断缩小的视角里，马言的眼眉逐渐舒展开来，她没说话，但是嘴角上扬着抬起手环住了高越的肩膀，轻柔地，舒缓地。

可是当她的下巴搁在高越的肩膀上时，憋不住的笑容又显得那么放松和狡黠。

没办法，她还是很喜欢她的东西待在她熟悉的位置，她承认她就是这样卑劣且自私的人，哪怕身为朋友她理应没有这样的立

场和权力去置喙，但她还是这样去做了，即使身为朋友，她也希
望自己拥有被特殊对应的特权。

　　不过这件事有必要告诉高越吗？

　　当然没有。

四目相对，各自坦荡，

你怎知里面没有藏住一点投降。

The beautiful butterfly in my life.

Butterfly effect

*

XIN/DONG/BEI/LUN

IF FIREFLIES COULD TALK . WHAT IF FIREFLIES COULD TALK . WHAT

像海獭一样

随心所欲洒脱写手

✕

反复试探温柔画手

CHAPTER 09

像海獭一样

文 / 瀛洲

平平无奇"挖坑"人。

Butterfly effect

01

凌晨四点，丰谷宁还是睡不着。床前的小夜灯散发着柔和的暖光，心头那股气哽得人难受，她频频拿起手机又放下，尽管她知道此时此刻自己不可能得到任何答案。

时间拨回到凌晨两点，丰谷宁刚刚上传完自己剪辑的《艳歌》群像视频，终于不必再被忽快忽慢的进度条吊着一颗心，她呼出一口气，动了动僵直的身体，后知后觉意识到膝盖以下冷到发麻。

三月名义上隶属春天，实则还是冬日，丰谷宁提进来小半桶热水坐在床边泡脚，她拿起手机习惯性刷新视频下的评论区，本以为会没什么人，没想到熬夜的人还不少。

丰谷宁一条条翻下去，评论区从一开始的花式夸奖逐渐变成复制粘贴式的心疼，她拧起眉头，忙切换软件点开《艳歌》的最新一章：

　　尝试过了，非常抱歉，路畔停河山，芳菲未尽春，下本有缘再见。三月十二日，晚风归文。

　　蒲酉泱坑文了，这在丰谷宁意料之中，也在她意料之外。

　　丰谷宁朝后倒去，她看向天花板，白炽灯折射出奇异的蓝光，视线晕开，无法聚焦，这不是蒲酉泱第一次坑文，却是头一次令她感到难过。

　　五年零七个月，蒲酉泱换了十三个笔名，算上《艳歌》，坑掉了十四本小说，她就是那个次次精准掉坑的倒霉鬼，追文最疯狂时通宵画人设图（人物形象的基本资料图）、做视频，全靠一口气吊着度日，因为一厢情愿，所以死心塌地。然而每次距离视频上传前后不超过两天，蒲酉泱必定坑文。

　　很难不说两人之间大约存在某种默契，在其共同作用下导致惊人的巧合。

　　也许是在这样一次叠一次中逐渐累积的遗憾与失落突然爆发，也许是因为《艳歌》本身的与众不同，也许是蒲酉泱信誓旦旦说一定会完结，以至于她报以莫大的期待，不存一丝不确定的猜疑。

　　丰谷宁想不明白，她甚至觉得委屈，自顾自开始做些不切实际的假设，转瞬又逐一否定，眼泪不会倒灌，时间不会回退，她清醒意识到自己的荒谬与可笑，好像全身浸泡在海水中，海风将她推离岸边，她努力挣扎着想胡乱抓住些什么，却什么也没有，攥紧的手掌心里只有空荡荡的水。

她点开和蒲酉泱的聊天页面，盯着对方的头像——那是她画的，情绪如潮水般涌来，轻易掀翻理智，冲着对方胡乱发泄一通后，还是只剩狼狈和疲惫。

丰谷宁想，她应该愤怒的，可那是蒲酉泱。

水温在消散，那点念想也在散，丰谷宁不想动弹，她已经谨慎又谨慎，小心再小心，看着《艳歌》即将完结才开始动笔画图，蒲酉泱的信誓旦旦，她还是没能见证，遗憾一旦攒多，就成意难平了。

丰谷宁没擦脚直接踩进拖鞋，水渍打湿地板，连成一条小路，不知落在哪里的雨打湿了蝴蝶的翅膀，它试图蜷缩起来，却发现变不回茧，汲取不到温度，留存不了安全感。

怀城的三月，几乎浓缩了一年的气候变化，晴雨霜雪糅杂上演。蒲酉泱躺在床上不想动弹，窗外的鸟叫犬吠声刺耳，她把被子拉高盖过头顶，清静一点谈不上，反而听清了呼吸与心跳。

她昨晚睡得并不好，似乎做了许多个梦，将醒时还记得一些碎片，隐约是在地铁站里，她看见一个高马尾的背影，靠着柱子低头看手机，其他的渐渐忘空，大脑自顾自播放着些乱七八糟的画面。

她翻来覆去怎么都不舒服，认命般摸到手机打开。信息挤满通知栏，大多都是莫名其妙的广告与新闻片段，蒲酉泱一键清除，习惯性先点开QQ，惊讶地发现置顶那栏多了"99+"的未读消息。

她有些心烦意乱，以至于盯着那个名字想了半分钟才恍然明白为什么，为了证实自己的猜测，蒲酉泱熟练切换到视频软件搜索《艳歌》，果不其然第一条就是丰谷宁的《艳歌》群像视频，而《艳歌》，她昨晚刚宣布"坑文"。

手书发布时间是凌晨两点，如果她没记错，自己存稿箱自动发布坑文消息的时间是凌晨两点十分。

蒲酉泱半是愧疚半是心虚，她切回聊天页面，逐条翻看丰谷宁发来的消息，满屏的哀号触目惊心，夹带着不可置信的疑问与控诉，谁看了都会直呼良心受不了这样的谴责，然后从床上一跃而起打开文档，开始写文。但从蒲酉泱频繁换笔名写小说那天起，良心这种东西就没有了。

　

初三暑假，蒲酉泱闲来无事第一次在平台上写小说，首章八千字，她在创作上还算有点天赋和灵气，少年人天马行空的故事虽然稚嫩却也可圈可点，随着框架和设定的不断完善，主角之间的羁绊日益深厚，越来越多的读者在评论区留言催更，一时兴起变成了每日必要的工作，但乐趣昙花一现，更多的是例行公事般的枯燥乏味。

空调和西瓜就着孜孜不倦的蝉虫嗡鸣挥霍过了一夏，这篇小说仿佛是一场季节限定，高一开学时小说才写到一半，蒲酉泱理直气壮地给自己披了面学习的旗帜，匆匆卸载平台，没有预告，没有交代，走得干脆利落。

既然开始无人知晓，离开自然也不会大张旗鼓，何况她已经厌倦这种不得不去做一件事的日子。

蒲酉泱重新捡起文字实属巧合，她大一时闲来无事逛贴吧"考古"，偶然看见有人提到自己当时写的小说，对方如此评价：我以为是朝阳初生，谁知是落日黄昏。

时隔太久她也记不太清当时自己究竟写了什么，特地去搜来看——少年人风发意气，即使俗套，依旧动人。

小说卡得不上不下，蒲酉泱自己也好奇后面的发展，然而十九岁的蒲酉泱和十五岁的蒲酉泱思想并不相通，她只能当即新建文档随手敲出笔名，定下新故事的脉络，以满足自己被激发出的创作欲望，只不过如此潦草的开头，自然也不会有什么好收场。

大学四年，蒲酉泱写了数篇小说，换了数个笔名，她坑文的理由千奇百怪堪比家养死掉的花，叫人莫名其妙摸不着头脑。

蒲酉泱不在乎会不会被扒掉"马甲"，也不在乎风评如何，她写文的初衷仅仅是为了打发时间，现在又多了一个让自己开心的理由。

蒲酉泱大学毕业的那个冬天家里没有下雪，暖和得像春天，蜡梅谢了，桃花开了，都早早的，她在电脑上敲出"折寄春风遥"五个字，定下新的小说名。与此同时，缩在被子里的丰谷宁一边哈气一边在iPad上画画，她在画人设草图，最左侧潦草写着一句话，勉强能认出朝阳和黄昏这几个字。

有些雪从秋天开始一直落到春天，非要烈阳曝晒才能融开这点冰，在丰谷宁的记忆中，小镇里只有漫长的热与漫长的冷，凛风吹开皮肉，肿胀的手指，通红的双颊，闷热而寒冷的房间，风扇永远吹不干身上的汗，被子永远捂不暖冰冷的脚，身上的蚊子包永远消不完……不出意外的话，她会和镇上大多数人一样，生在这里，长在这里，留在这里，一眼就能望得到尽头。

如果你从未知晓这世界的精彩，也许不会生出任何反叛的心思。丰谷宁仍然记得初三暑假的最后几天，她去同学家里玩，对方热情邀请她一起玩电脑小游戏，玩累了便推荐自己看的小说，丰谷宁听得认真，唯一记住的小说是蒲酉泱写的。

彼时彼刻，她借着同学的电脑看小说，只觉得对方写得好，让人有继续看下去的欲望，并不知晓这于她究竟意味着什么。丰谷宁才看了十几章就该回家了，她盯着屏幕右下角的时间无端生出了一点反叛的心思：想去外面看看，就像小说里的主角离开自己生活的所谓安全区那样去外面看看，井底之蛙怎会想象高墙之外的广袤无垠。

高中以来丰谷宁开始频繁出入镇上唯一的新华书店，读书也许不是唯一的出路，但是对丰谷宁而言，那就是唯一的出路，她必须勤勉刻苦才有可能离开这里。

书里说：南国有红豆，北方有佳人，杨柳摆过水桥，雨雪铺满小巷……夜里她透过纱窗睁大了眼睛，头顶星汉灿烂，耳畔蛙声一片，她好像才体悟到这点真实。

丰谷宁的大学在外地，乘坐绿皮火车要走两天一夜，遇上春运抢不到票时，会站到下肢水肿，整个人累到胃里泛恶心。

丰谷宁没后悔过自己的选择，如果可以，她宁愿去天南地北打工也不愿意回家，但是她不能，她是借风扶摇的风筝，绳子将她扯得那样紧，无论走了多远，落脚只有一个地方。

丰谷宁像只仓鼠一样攒钱，学习新技能，她拿到手机后第一时间看完了存在记忆里不知美化了多少遍的那篇小说，她曾为它设想过许多结局，却一个都没猜中——作者"坑文"了，没有缘由地坑掉了。

此时此刻她才咂摸出一点特殊的意义来——她们遇到的时间太好，早一点是装腔作势，晚一点是稚嫩可笑，不早不晚恰巧共鸣，唯一的遗憾是故事没有结局。她怀揣着隐秘的小心思去贴吧发帖，万一能被看见呢？

蒲西泱在思考该怎么回复丰谷宁，她斟酌着字句，打出来又删掉，总觉得哪里不够妥帖。

蒲西泱在大学时写的第一篇小说叫《繁盛》，她一时兴起"开坑"，写了十万字觉得了无趣味，在某个没课的下午她一觉醒来发现外面天已经黑了，躺在床上想了想吃什么后决定坑文。

大学生涯时忙时闲，过了一段时间，她才突然有空想起自己在平台的账号密码，登录一看，评论区除了哀鸿遍野就是让她看春草漫做的《繁盛》群像视频。

你是一个写手，现在有个画手，为你的文画了人设图，剪了视频，这谁能拒绝？蒲西泱被唤醒为数不多的良心，打开文档试图再写两章，然而越写越烂。逃避可耻但有用，她实在无法就这样继续写下去，果断换了个笔名写新文，但没过多久故态复萌，结果春草漫恰巧又给她的文做了新视频。

有些人的审美根深蒂固，即便你改了笔名，换了题材，她能喜欢上你的文字第一次，就能喜欢上第二次，还有在后面排队等着的第三次、第四次。

蒲酉泱又一次"坑文"后，实在有些过意不去，主动加上了春草漫，但是具体聊了些什么，又是怎么互换真实姓名的实在记不太清了，只是不知不觉间丰谷宁成了她联系人里唯一的置顶。

春草漫＝丰谷宁，蒲酉泱想，人与人的缘分真的很奇妙，她换了那么多笔名，好听的难听的；写文题材五花八门，俗套的怪异的，丰谷宁总能找到她。蒲酉泱从没告诉过丰谷宁自己换了笔名、写了新文，但这一次次的巧合实在令人难以置信。

在更文这事上没良心如蒲酉泱也觉得过意不去，她头一次主动在写新文前问丰谷宁想看什么类型的故事，丰谷宁说想看她写一个完整的故事，于是蒲酉泱认真想了一个新笔名，构思主角人设，甚至破天荒写了大纲，《艳歌》一出来，她们都心知肚明这篇文的意义。

或许是抱着给丰谷宁一个交代的心态，蒲酉泱一反常态地固定了更新时间，固定更新字数，一切按部就班有条不紊。

这对谁来说都是件好事，唯一的变故在于，蒲酉泱前脚大张旗鼓地放出话去，《艳歌》三章内必定完结，后脚发现自己坐在电脑前蹉跎一下午半个字也写不出来，诚然可以乱写一通，自欺欺人，但她不能欺骗丰谷宁，写不出来就是写不出来，没有结局就是没有结局。

无人知晓她敲下那行"坑文"的解释时，经历着怎样的煎熬与挣扎，又是怎样以破罐子破摔的自暴自弃的心态等待着丰谷宁的审判，谁能想到她们都会重蹈覆辙。

丰谷宁睡醒是在下午，她感觉疲惫，全身骨头酸痛，她疑心天花板长了一块青苔，仔细看看却什么也没有，一片纯白无瑕。眼睛干涩发肿，脸上干痛起皮，嘴唇也裂开口子。

丰谷宁坐起来拿过放在床头柜的手机，除了蒲酉泱回复的消息外，还有其他人发来的，她挨个点开，却一句不回，安慰千篇一律，难受如影随形。

手指犹豫着要不要点开蒲酉泱的消息，但交谈的欲望一旦丧失，好像也没有那么想要一个答案，尽管她仍想知道为什么。

02

三月倒春寒，四月春风尽。

梧桐絮塞满地砖缝隙，踩着春天的尾巴，蒲酉泱和丰谷宁见面了，《艳歌》没有结局的事最终不了了之。她们因为《艳歌》重新交流，因为交流而默契地选择对某些东西避而不谈。

那天下着雨，因为这场雨，蒲酉泱站在地铁里鬼使神差般多问了一句。

——你有没有带伞？

——没有，外面在下雨。

——我这边也在下雨，不过我带了伞，你在哪里？

——怀城。

——好巧，我也在怀城，地铁二号线。

——我在轻轨七号线。

——要不，观云路见一面？

邀请是蒲西泱发的，发完就有些后悔，她忐忑等待丰谷宁的回复，甚至想好了给自己挽尊的措辞，地铁信号有延迟，蒲西泱反复刷新才刷出丰谷宁回复的一个好字。

怀城很大，好在有地铁，跨区不算太远，二号线和七号线可以在观云路换乘，也是这次蒲西泱才弄明白轻轨和地铁的区别，一个在地上，一个在地下。

她转了三次扶梯，每每才在扶梯上站稳，就迫不及待往上走，越是临近七号线，人潮越是汹涌，正好赶上了下班的晚高峰期，蒲西泱心里有些着急，她没法像之前一样急匆匆向前赶。

丰谷宁实在惹眼，她几乎是一眼就认出来那个靠在站台边的柱子上的女孩——她很瘦，个子不高，戴着黑色口罩，扎了个高马尾，白衬衫配格裙，外面加了件米黄色的薄外套，左手尾指套了枚银素圈，蒲西泱总觉得这背影似曾相识。

蒲西泱握紧伞柄走过去，这时脚步反倒慢了下来，她有点紧张，努力调整自己的呼吸，饶是如此，一开口还是颤了音："你好，介意和我共伞吗？"

丰谷宁顺着递到面前握着伞柄的手望过去，很难描述第一眼的感受，周遭吵闹，雨声滴答，没完没了的风吹响街道，花落了，叶落了，灰蒙蒙的云遮住天空，她握住那只手，像接住了太阳透过缝隙漏下的一束光。

"你好，蒲酉泱？"丰谷宁听见自己答非所问的声音。

"这么生疏吗？"蒲酉泱笑起来，轻易化解了尴尬，"那我是不是也得重新打招呼。"

蒲酉泱收敛了笑意，正正经经问好："你好啊，丰谷宁。"说完她自己又笑起来，"我们真的要在这里继续聊下去？要不然顺便约个饭吧。"

"附近有什么吃的？"丰谷宁被蒲酉泱带着站在扶梯上，"我没来过这边。"

"你想吃什么，烤肉、火锅、自助、炒菜……"

"都可以，我不挑。"

"那我们就去吃火锅。我看看，从C出站口走八百米就到了。"

"你经常来这里吗？"丰谷宁刷卡出站时问。

"也不算经常，吃过几回饭，"蒲酉泱自然而然牵起丰谷宁的手，"路有点不好走，等会儿跟着我。"

"嗯。"

蒲酉泱的伞是街边最常见的那种网红透明伞，十块钱一把。她们中间隔了半个拳头的距离，蒲酉泱略微倾了一点伞，路面的积水深深浅浅，蒲酉泱带路带得提心吊胆，生怕自己让丰谷宁湿了鞋。

也许是因为下雨的缘故，火锅店的人不算太多，蒲酉泱把伞放在门口的篮子里，转头对丰谷宁开玩笑说："走的时候记得提醒我拿伞，我这样丢了好几把。"

丰谷宁点点头说："好。"

鸳鸯锅，八荤八素，两听可乐，锅还没滚起来，丰谷宁犹豫着开口："我转你多少。"

蒲酉泱拆开一双筷子点了点自己刚调好的蘸料放进口中："套餐150，转我75就行，我调的酱好吃，你要不要试试？"说着她递过去自己的蘸料碟子。

一顿饭吃完，丰谷宁记不得她们说了些什么，只记得肉挺好吃，菜挺好吃，火锅的烟气均匀沾满半身，灯光明亮如白昼，蒲酉泱像只夜莺，叽叽喳喳好听极了。

她们在地铁站相遇，在地铁站分别，进站的通道里有人在卖花，满天星夹着单支玫瑰构成一束花，她买了一束送给蒲酉泱，红色的，盛放的边缘微微蜷曲着的泛黑的玫瑰花。

"一顿饭就能换一束花，那再多约几次饭我是不是能收到一冰箱的花？"蒲酉泱笑着问。

"是见面礼物。"

"欸，我没准备啊！"

"你给我撑伞了，"丰谷宁弯起唇角，她当然发现了蒲酉泱的伞在往她那边倾斜，"回去多喝点热水，小心感冒。"

"那下次见了，蒲酉泱。"

"回见，下次带你去吃别的好吃的。"

"嗯，等你约我。"

蒲酉泱拿着花眉眼弯弯，丰谷宁站在扶梯上下行，她回头望一眼，忽然就明白了童话存在的意义——

爱和美好从不在人间缺席。

怀城的文化底蕴极其厚重，却不加以宣传，以至于蒲酉泱每每带着丰谷宁吃饱喝足后的消食途中总能发现新大陆：档案馆外的丰碑，青石板蜿蜒的旧址，博物馆藏在花与树的深处，庙宇俯瞰着脚下的城市，车马辘辘碾过峥嵘岁月，前人照着后人……

蒲酉泱抚摸着玄武昂起的头颅，丰谷宁点开手机的电筒，借着光诵读石碑上刻载的辉煌。

路灯晕染出一片昏黄，风木萧萧，蒲酉泱趴在栏杆上眺望，楼房高低无序，道路盘旋弯曲，尽管视线被遮挡，她依旧觉得这城市美得不可名状。

"你喜欢这里吗？"

丰谷宁站在蒲酉泱身边，她只能看见灰蒙蒙的天，风从高楼大厦砌成的城墙缝隙中挤出，再扩散，她无意识转动着左手中指上的戒指："从前不喜欢的。"

"你都说了是从前，现在呢？"蒲酉泱偏头看她，头上别着的蝴蝶发簪在风里来回晃动。

"你喜欢吗？"丰谷宁反问。

"喜欢啊，不过我不会留在这里。"

"我喜欢山，喜欢海，喜欢看似一成不变实则千变万化，"蒲酉泱打开双臂，风扬起她的袖子，她放松地眯起眼睛，"在一个地方待久了就会被同化掉，我还没想好养老的地方。"

丰谷宁若有所思："怀城挺好的，现在我有些喜欢它了，不过我也不知道该去哪里。"

"不知道就到处走走，总会找到喜欢的。"

"我记住了。"

丰谷宁应得那样认真，一时叫蒲酉泱不知道该怎么办，她笑着叹息，故意拖长尾调："怎么办啊，丰谷宁，你好乖啊，被人骗了都不知道。我随口说说，当不得真，别照着走。"

"你没骗我，我又不傻，我分得清。"

四目相对，各自坦荡，你怎知里面没有藏住一点投降。

蒲酉泱哈哈大笑："原来是我傻。"她边说边走，等丰谷宁跟上来，"跑吧，我们去追最后一班车。"

03

雨从出门时开始下，吃完饭也不见收，蒲酉泱有点头疼，她不该递过去那一小杯梅子酒，以至于现在丰谷宁有些晕乎。

自助餐的酒品种繁多，蒲酉泱尝了一小口，觉得还不错，梅子香弥漫在口腔里，回味带甘，一点也不涩喉咙。

"你要尝点吗？"蒲酉泱问着身边的丰谷宁。

"我没喝过酒。"

"这酒度数不高，还挺好喝，至少比我上次买的青梅酒好喝。"

"那我尝一点。"

丰谷宁也没想到自己的酒量如此差，一小杯喝完，脸已经红了大半。

蒲酉泱坐在她对面笑着说："你这就醉了？脸好红啊！像是染了桃花在上面。"

"你不是说酒精度数不高，我怎么还是觉得喉咙辣乎乎的，"丰谷宁顿了顿，补充说，"烧灼感。"

"我也没想到你酒量这么不好啊，你别是醉了？"

"我没醉。"

"嗯嗯，你没醉，没醉，喝醉的人都是这样说的，走吧，回去了。"蒲酉泱扶着丰谷宁走出店门。

自从上次共伞后，蒲酉泱就换了一把自动伞，摁一下伞柄上的按钮伞面就会自动弹开，她们相拥着跌跌撞撞走向公交站台，也不管会不会踩到积水将鞋袜打湿。

丰谷宁喝多了之后很安静，不吵不闹，半睁着眼，视线不知落在那里。

"你困了吗？"

"没有。"

"别睡，会感冒。"

"我没睡。"

蒲酉泱查看公交到站时间，手机上显示着，该车辆尚未发车，斜飞的雨丝飘到她面前，呼出的雾气爬上眼镜，事物就有了滤镜——路灯藏在灌木里，照着每片树叶都镶嵌着亮闪闪的钻石，丰谷宁的呼吸声和雨滴声混在一起落入耳朵里。

蒲酉泱想，她分明没有喝醉，却也感受到了三分醉意。

伞一个人撑着留白，两个人撑嫌狭小，公交迟迟不来，雨反而越下越凶。

"算了，我带你去坐地铁。"蒲西泱看了眼时间，"丰谷宁，现在是晚上九点四十七分，从这边过去七号线太远了，你要不要去我那儿睡一晚？"

被晚风一吹，丰谷宁清醒了两分，她抱着蒲西泱的胳膊小声问："会不会很麻烦你？"

"还好，我床大，装下一个你没问题。"

"真的？"

"真的，骗你干吗，要是把你挤着了，我就把自己贴在墙上睡。"蒲西泱拿着幼时的玩笑话哄她。

"那我先谢谢你了。"丰谷宁笑着应了。

蒲西泱住的地方就在大学附近，即便是晚上十一点，也敢一个人走回来，房间在七楼，独卫带阳台。

丰谷宁靠在椅子上，捧着蒲西泱递来的水杯发呆，她脸上红晕褪去，余下的是没有血色的白。

"水温我给你调好了，你要是觉得不够热就往左边旋，毛巾是新的，挂在衣架上，牙刷也是新的，牙膏是我的，洗发露是红色那瓶，护发素是黄色的，沐浴露是那瓶小的……"蒲西泱从卫生间出来，她才洗完澡，头发湿漉漉地向下滴水，"我说了这么多，你倒是吱一声啊。"

丰谷宁既不摇头也不点头，更不做声，只是冲着蒲西泱露出一个乖乖巧巧的笑来。

蒲酉泱被她笑没了脾气，随手用毛巾拧了两下头发后披在身上，拿走丰谷宁手中的马克杯，带她走进浴室，手把手又教了她一遍。

"有事就喊我，我就在外面，"蒲酉泱看着坐在小板凳上的丰谷宁，"把门给你带上了，哦对，睡裙放在那个挂起来的蓝色袋子里了，昨天刚晒干。"

热水先湿了头发，然而等衣裳湿透，头发还没完全湿，丰谷宁坐在凳子，被淋了好一会后才慢吞吞动起来，她仍有些混沌。直到手上戒指被头发缠住，撕扯间的钝痛才让丰谷宁找回些真实感，她同头发搏斗许久才摘下戒指。

这时蒲酉泱敲了敲门："丰谷宁，你不会晕了吧。"

丰谷宁吓了一跳，随手将戒指放在了洗漱台上："我没事。"

有些被打断又藏好的情绪重新生根发芽、肆意生长，丰谷宁眼睛发干发涩，她觉得酒真难喝，就算是酸甜的青梅酒，余味也是苦的。

要年岁足够长才能在枝头攒出繁茂的讨人怜爱的花，沐风沐雨，晒日晒月，耗尽全部气力结出一挠青梅，浸泡在时间的河水中，直到霜老面容才能再见。

"你也洗了头发啊，我帮你吹头发吧。"蒲酉泱拿着吹风机，丰谷宁坐在床边，蒲酉泱的手指细长，拨弄头发的动作轻柔，先吹发根再吹发梢，六分干的时候抹上护发精油，接着用冷风吹干。

床是大床，蒲酉泱没有多余的被子，下雨的晚上，天气依旧冷，这意味着她们得盖一床被子。

蘑菇小夜灯立在床头，蒲西泱把枕头分过去一半："晚上还是有点冷，平躺着靠近点暖和。"

丰谷宁直直地躺着，没敢看蒲西泱的眼睛："我有点认床。"

过了几分钟，蒲西泱突然出声："你睡了吗？"

"没有，怎么了。"

"没怎么，我就突然想到，"蒲西泱笑出声，她轻轻晃动那只牵在一起的手，"我们这样像不像两只海獭？"

"海獭？"

"嗯，海獭，漂浮在大海里的两只海獭手拉着手，需要缠满厚厚的海藻，抓住一节昆布，以防睡着以后被洋流冲散。"

"那么大的海域只有两只海獭？"

"只有两只海獭啊，它们相依为命。"

"它们感情一定很好。"

"像我们一样好。"

一时间，只有两道逐渐叠合的呼吸声，丰谷宁突然出声询问："《艳歌》为什么会没有结局？"

"我以为你不会再问这个问题了。"蒲西泱回答。

"为什么呢？"丰谷宁接得很小声，几乎是下意识追问，"晚风归这个笔名是因为春草漫对不对？"

"是。至于结局，故事偏离了大纲，人物有了自己的想法，我给不出来一个合情合理的结局。"蒲西泱很平静，她说的都是真的。

"随便什么结局都好，好的、坏的、平淡的、波澜的，哪怕留个悬念都好，我只是想要个结局。"

"我写不出来，我试过了。"

"你是原作者！"

"为什么非要执着一个结局呢？"蒲酉泱偏头看去，丰谷宁那双漂亮的眼睛盛满眼泪，在灯下一晃一晃。

"那是你写的！"

"蒲酉泱，你答应我给一个结局。"

丰谷宁闭上眼，她听见蒲酉泱的叹息，也听见蒲酉泱的答案："一个故事，虚无缥缈，它诞生于一时兴起，也消失于兴致褪去，我偏不勉强。

"别想太多了。"

"我非要呢？"丰谷宁这样想着，但是她说不出口，这一瞬间，她觉得她好像一颗青梅，虔诚开花，寂寞零落。

"晚安，丰谷宁。"

bpm 04

周末的鸟一贯醒的最早，叽叽喳喳吵个不停，丰谷宁睁开眼，她动了动才意识自己仍抓着蒲酉泱的手。蒲酉泱无疑是好看的，八字刘海，柳叶眉，丹凤眼，浓密纤长的睫毛，长发微卷，显得人干练洒脱……

"你醒了，"蒲酉泱察觉到丰谷宁的动作，"昨晚睡得还好吗？

外面的鸟天天吵惯了。"

"挺好的。"丰谷宁揉揉眼，松开了蒲酉泱的手。

"那就好，我还怕你不习惯，你饿不饿？"

"有点。"

"那我带你出去吃点东西，这边学生多，门口一排早餐铺子，种类挺全。"蒲酉泱坐起来伸懒腰。

"嗯。"

卫生间传来哗哗的水流声，丰谷宁躺在床上默数，当她快数到三百时，蒲酉泱推开了卫生间的门，颇为不好意思地开口："刚刚不小心把你戒指弄掉了，你把手指的尺寸给我，我给你换个新的。"

"随便买个可调节的就行。"丰谷宁摸了摸自己的手指。

"怎么能随便对待，小拇指的戒指是不是要小一点？"蒲酉泱一边搽脸一边问。

"我戴的是中指。"

"我记得我们第一次见面的时候你还是戴的小拇指。"

"有一段时间了。"丰谷宁下床去洗漱，关上门前她含糊地说了句，"毕竟遇到了……"

锦鲤招财，猫咪可爱，玫瑰缠绕荆棘，素圈刻着平安喜乐……蒲酉泱在淘宝上挑花了眼，寓意要好，款式也要好，她什么都想给，末了却只挑出来一个朴实无华的银戒指，没有花纹，没有刻字，假装只是随便挑出来的赔礼道歉。

"我填了这边的地址，还不知道什么时候到，你是——"

"到时候我来拿。"

"也行，水乳霜、防晒、隔离都在桌子上，你自己拿，昨天衣服洗了还没干，不然先穿我的？反正我们身材差不多，我就比你高了一点。"

"那衣服先放你这里，下次我一起来拿。"

"没问题。"

"我们说好了。"

"你要不要戴顶帽子？"快要出门时，蒲西泱将一顶渔夫帽扣在丰谷宁的头上，"挺可爱的。"

"你不戴？"丰谷宁拽着帽檐向下拉。

"我当然戴啊。"

两顶同款帽子，一顶缝了只鸭子，一顶缝了只兔子，她们并行走在梧桐道上，任谁看了都会说好可爱的女孩子。

吃完早饭，蒲西泱送丰谷宁去地铁站，丰谷宁刷卡进去，她隔着塑料挡板问蒲西泱："每个故事你都能坦然接受随便停在哪里吗？"

"当然不是。"蒲西泱毫不犹豫否认，"我也有舍不得。"

"我是吗？"

"这还要问吗。"也许意识到自己回答有些模棱两可，蒲西泱忙补充道，"万一你被骗走了，我上哪哭去？"

"蒲西泱，下次去摘青梅吧。"丰谷宁伸出手，弯起尾指。

"下次摘青梅，冬天摘柚子，夏天有椰子，一年复一年，走慢些吧，太快了我追不上怎么办，丰谷宁？"蒲西泱笑着同她拉勾。

"那一定是因为有一天你同我说，祝我们友谊万岁，地久天长。"

蒲酉泱替丰谷宁把一缕头发别到耳后，像对暗号一般："春草明年绿，王孙归不归？"

她说——

『祝你如愿以偿。』

将军令

外冷内热天才演员

×

口蜜腹剑心机社长

将军令

Butterfly effect

一边白日做梦一边脚踏实地，兼爱悲剧美学与互相救赎，正是本人。

01

首都大学 13 号教学楼后方有一处著名的春季景点。

那一大片白丁香，每到春季便会丛丛盛开，在这种浓郁到分不清究竟是香是臭的丁香气味中，水木戏剧社便开始新一年的招新活动。

大多数社团每年都在暑期后的新生开学季招新，但二十年前知名校友成立戏剧社便是在春季，招新自然也在春季，本着对传统的尊重，戏剧社便成了社团中的特例，绝对与现任艺术学院院长的女儿正担任水木戏剧社的社长无关。

秋纪何就是在那里见到了自己的幼时好友罗织。

罗织站在白丁香丛下，身材纤细笔直，一袭水红色的连衣裙衬得人和白丁香一样颜色如雪，双眼盈满笑意，温柔可亲而不容抗拒。

在她身边，负责记录报名信息的年轻学妹伏在桌前奋笔疾书，她耐心询问报名人的情况，时不时还低下头指点学妹的记录情况，这时她齐肩的黑发会垂落下来，衬得微丰的脸颊格外柔软。

初中二年级一别，七年未见，罗织看起来仿佛没有太大的变化。

排队报名的男生们就在议论她。

"看，那就是戏剧社的副社长，是不是很漂亮？"

"我觉得还是社长好看。"

"得了吧，社长那种任性大小姐你能招架得住？"

"人总是要有理想的。"

秋纪何其实很不耐烦听这样对人评头论足的对话，但习惯了充耳不闻，倒是前面排队的男生一回头，看着秋纪何没有表情的脸吓了一跳，下意识闭上了嘴。

其实秋纪何生得很美，轮廓深邃明艳，一头浓密的黑发直垂腰际，足以让任何一位青春期男生心动。只是她个头足有一米八，人又极其挺拔，穿着白衣白裤的她在男生身后一站，活像一尊大理石雕的战争女神像，或者古代巾帼不让须眉的女将军，凛然得让人生不出一丝不敬之心。

女将军走到了报名的书桌前，负责记录的学妹不得不仰起头来看她，眼里仿佛浮现出肉眼可见的文字弹幕："居然有这么高、这么好看的女生加入，看来每年都有的反串剧目必有她的一席之地！"

她没想到身旁一向待大家都极为亲切温柔的副社长忽然轻轻柔柔地开口，像是要刁难对方："这位同学，能说说你为什么要加入水木戏剧社吗？"

　　学妹"咔"的一声扭回头，把视线从秋纪何脸上挪到罗织脸上，颈椎摩擦的声音听得人牙齿发酸："副社长，我们今天是报名……"而不是面试吧？

　　"因为想演戏。"秋纪何倒是毫不在意，"我想演花木兰那样的角色。但在拥有能够担任主角的演技之前，我愿意演任何人。"

　　围观群众恍然大悟，原来这位真是个女将军啊。

　　"可也许你不适合舞台呢？"罗织微笑反问。

　　"适不适合要看我上台的表现再说。"秋纪何平静回答。

　　同样站在丁香丛前，罗织就像即将出塞的明妃，端庄自持，秋纪何却像提着剑的木兰，准备斩尽春天。

　　两种气场不能说水乳交融，只能说格格不入，奇特的氛围让学妹一缩脖子，就地当起了鹌鹑，对着下一位报名者望眼欲穿。

　　罗织却忽然笑起来，她的笑声柔和又轻巧，像串被微风吻过的风铃："谢谢将军配合，你合格了。我是水木戏剧社副社长罗织，欢迎你加入水木戏剧社，请登记吧。"

　　"考古学专业，大二，秋纪何。"

　　登记完毕，秋纪何很快消失在丁香稀疏的小路尽头。负责登记的学妹想要询问罗织为什么要在报名期间对报名者提前面试，却发现副社长水红色的裙摆悄然隐没在丁香丛之中。

罗织是一路小跑追上去的，带着小坡跟的漂亮鞋子不太好跑步，于是她的语气也带了点嗔怪。

"将军，怎么都不和旧识打招呼？"

"我以为你不喜欢我认出你，那样我被录取就会像搭了你的关系，会让人说你的闲话。"

绕过13号楼向东，是回宿舍区的小路。首都大学占地面积极广，学生上课往往都要骑自行车，路边也一向停满了共享单车、共享电动车，秋纪何偏偏要用走的。

秋纪何放慢了步子，罗织比她矮了一头，腿自然也没有她长，她要等一等才行。

两个人并肩走在校园的水泥路上，路旁的花不知不觉变作了满树淡粉色的玉兰，让人仿佛穿过重重时光，回到了初二的那个夏天。

"听你这话是很有信心能入选了？"罗织笑吟吟的，"既然你觉得自己有能力，我自然也不怕被人说徇私枉法了。"

秋纪何点点头，说道："确实有信心，这次我是奔着主角来的。"

罗织哑然失笑。和过去一样，秋纪何从来都这么让人无言以对，一点都没有改变。

于是她温声劝告道："你有信心也不行，我们社长漂亮又有实力，当她出现在舞台上、镜头里，别人不会觉得其他人是主角的。"

秋纪何听懂了，这是说水木戏剧社的社长不是个能容人的。看来罗织的性格也和过去一样，绝不会说别人一句不好，但帮不到她还让她不喜欢的人都会渐渐淡出她所在社交圈的核心。

尽管十分委婉，罗织总归还是对她示警了，秋纪何不会听，但会记得这份心意。

"不用担心，在英国读高中的时候我加入过那边的戏剧社，演过很多次主角。"秋纪何语气淡淡的，"老师说我生活中像块木头，上了台却是个天才。"

春风拂面，枝头的玉兰落下些花瓣，仿佛也在震惊哪有人这样自夸的。

罗织轻轻吸了一口气："我们社长真的很有实力，还是艺术学院院长的女儿。"

秋纪何点点头："知道了，我尽量不让你难做。"

C02sh

所谓杞人忧天，是讲古代的杞国有个人整天担忧天会塌地会陷，乃至于睡不好觉，吃不下饭，多用于讽刺庸人自扰。在秋纪何的入社表演上，罗织深刻领会到了这个成语的精神。

和每次排练一样，水木戏剧社社长吴琼坐在台下正中的位置，罗织坐在她旁边。

吴琼是个身材极娇小、脸庞极可爱的女孩子，性格却极强势任性还有些偏执，秋纪何上场时她正挽着罗织的手吐槽这届新生都是废物。

秋纪何这组抽到的剧本是《俄狄浦斯王》，这是一个因为预言而被抛弃的王子，在不知情的情况下，如同预言中那样杀死自己的父亲，娶了自己母亲的悲剧故事。

即将上演这幕剧的内容正是俄狄浦斯王得知真相的片段，秋纪何饰演俄狄浦斯王的母亲，戏份不多。

"第三组表演的剧目是《俄狄浦斯王》选段——得知真相之日。"

听到报幕员的声音，罗织身后立刻有人开始窃窃私语。

"谁把这么难的本子放进去的？大一新生能演得了吗？"

"这次不都是新生，也有大二大三的。"

"那也不行啊，没有表演经验都是白扯。"

"嘘，是社长放进去的。"

"哦哦，咳……那这届新人有福了，社长肯带他们。"

吴琼突然回头，要抬起腰虚坐才能让小脑袋完全露出高高的椅背。她笑起来，露出可爱的虎牙："溜须拍马到此为止吧，这部剧就是难度超标，因为我不需要没用的废物。"

"是是是，社长说得对！"

"也是，咱们社人才济济，不能养闲人。"

"社长，"罗织轻拍吴琼的肩膀，打断了新一轮的奉承，"剧开始了。"

在提醒吴琼的同时，罗织已经将目光投向了舞台。饰演俄狄浦斯王和盲人先知的新社员正在对质，饰演俄狄浦斯王母亲兼妻子的秋纪何则站在王座之后。

剧目的主角是俄狄浦斯王，从这一刻开始他得知了自己出生的真相，以及无法洗去的罪孽，情节和角色的高潮都应该在他身上。

饰演国王的新生挥舞着手臂，跪伏在地，以肢体语言表达着角色的痛苦。

不同于镜头和视角不断切换的电视剧，较大幅度的肢体语言对于存在于舞台上的戏剧是必要的，的确能够吸引观众的目光。

可随着一声惊讶而绝望的轻呼，所有人的目光都不由自主地落到了王身后的王后身上。

得知真相的她以手掩面，缓缓后退，肩膀和手臂透出僵硬不自然的痉挛感，压低的啜泣声戛然而止。随后她木偶般转过身，宛如醉酒后强行自持的人一般跟跟跄跄地走向舞台的角落。

王后从桌下抽出一把匕首，扬起头，将匕首的尖端对准自己裸露的颈项，匕首在她手里发着抖。

不，是她在发抖。

吴琼的眼睛开始闪闪发亮。

而其他注视着她的人心也在颤抖：别刺下去，那不是你的错！

然而台上与台下、剧里与剧外的空间犹如两个世界，无论怎样的呐喊都无法穿透去另一个世界。

呼吸之间，一切颤抖都停止了，匕首抹过了王后的脖子，嫁给儿子的母亲倒在地上，彻底失去了生息。

罗织长长地吐出一口气。

吴琼的声音在她耳边响起："小织，你紧张得都忘记呼吸了。"

罗织的声音很甜："只是忘了一会儿，我每次看社长的戏才会真的无法呼吸。"

"小织是怕我觉得她碍眼，会把她拒之门外吗？"吴琼发出银铃似的清脆笑声，"你是不是忘记了我为什么喜欢戏剧……她有几分那人的韵味的。"

吴琼和罗织同属艺术学院戏剧影视文学专业，按理来说发展的方向是创作剧本，进行幕后工作，吴琼却沉醉于舞台，铆足力气要当主角。

因为她最崇拜的就是毕业于本校本专业却跑去演戏的知名影后林临。

林临的表演风格极其霸道，无论是不是主角，她都会全身心沉浸其中，将自身的一切奉献给角色，因此观众很容易会被她吸引住视线，哪怕她只是镜头闪现中的过路人——

和今天舞台上这场戏一样。

"社长对她评价这么高，我可是会吃醋的。"秋纪何的才华被吴琼认可，罗织不必再担心她们会针锋相对，这是好事。罗织微笑注视着缓缓落下帷幕的舞台，放在膝盖上的手指紧紧攥起，又马上松开来。

"这两届的新人里只有她有资格接我的班演主角。吃醋可以，不许嫉妒她哦！"

"怎么会。"罗织笑了，"我从来都支持社长的每一个决定。"

"当然了，小织可是我最好的副社长。"吴琼拍拍罗织的手背，兴奋得直接从椅子上蹦了起来，"她叫什么名字？今晚大家聚餐，一定要叫上她！"

罗织跟着吴琼一同起身，不必吴琼开口，她知道现在应该去后台为吴琼介绍一下秋纪何。

"社长放心，秋纪何一定会到。"

"对了，看你刚才那么紧张的样子，你们很熟吧，怎么认识她的？"

"这件事其实没什么意思，不如今晚聚餐的时候我讲给社长听，权当下酒。"

"那我就等着小织的好故事了！"

03

要说秋纪何和罗织的相识，完全始于秋家家道中落。

父亲入狱，母亲抛下孩子独自离开，刚上初中的秋纪何一夜之间从富商的女儿变成了没人要的孩子。还是奶奶心疼她，将她接到了自己养老的小镇生活。

在班级里罗织始终是面软嘴甜、最讨人喜欢的孩子，老师喜欢她，同学们和她关系也都很好，若是同学间发生些小矛盾，罗织甚至还有能力调和；秋纪何则是冷淡又不合群的转校生，但是无论学习还是体育都一等一地棒，不喜欢她的人也拿她没办法。

罗织不喜欢秋纪何，因为所有人她都能打好关系，只有秋纪何看起来高高在上，仿佛看不起他们。

秋纪何也不喜欢罗织，因为她看得出来罗织对谁都不是真心的，她觉得罗织是她父亲那样的人，活得很累，又可能完全没有结果。

她们本该彼此陌路，直到毕业也不过是混个脸熟，完全不会进入对方的世界。但人生总是充满意外，初二下学期的时候，隔壁班有一位难缠的大小姐与罗织闹了点矛盾，罗织又不是个能低头的性子，到最后已是水火不容的架势。

和所有俗套的校园喜剧一样，大小姐请来了小混混，把罗织拦在上学的路上，要求她给大小姐道歉，小混混们还笑罗织，有一个狐狸精的妈就有一个狐狸精的女儿。

骑着自行车路过的秋纪何本来不想管闲事，但她听到罗织嘲弄的笑声。

"可是请你们来的大小姐，想当狐狸精还没有本事呢！"

那是她第一次看到罗织真实的一面，看到她剥开甜美的糖壳后带着锋芒的自我。

秋纪何突然改变主意，捏了自行车的车闸。

如果是这样的罗织，她不希望对方受伤。

秋纪何从小个头高挑，超过同龄男生许多。而正像她挺拔如橡木的身材一样，她真的很擅长运动，以及打架。

一场混战之后，罗织上了秋纪何的自行车后座。嘴角乌青的少女在前面蹬自行车，毫发无损的罗织坐在后座轻轻晃着小腿。

她对秋纪何说："这算英雄救美吗？"

"你算美吗？"秋纪何反问。

道路两旁的树被风吹得沙沙作响，像打架时落下的拳风，让秋纪何回想起刚刚站在一旁的罗织。穿着连衣裙的少女面容清丽，脸颊微丰，像一颗酸甜可口又脆弱易碎的果子，确实好看。

罗织也没生气："也许不算，但你没否认自己是英雄欸？不过，我觉得刚才的你更像一位深入敌阵取敌军上将首级而回的将军。"

秋纪何蹬自行车的动作缓了缓，她想起奶奶最喜欢听的京剧《杨门女将》，想起自己喜欢的《木兰辞》，忽然很想回头看看罗织说这句话时的神情。

但她最终还是没有回头，罗织探头也只看到她轮廓清晰美丽的下颌线。

"我确实很想成为将军。"

"好的将军，那我能当你身边的美人吗？你要知道，有一句话叫自古美人如名将，这样我们就能成为朋友了。"

"我不认为有刚才那件事我们就能成为朋友，但是谢谢你认可我的理想。"

那是个很凉爽的夏天，罗织和秋纪何都交到了人生中的第一个真心朋友。

那个夏天，秋纪何看着罗织对隔壁班大小姐花言巧语后化敌为友；那个夏天，罗织看着秋纪何在小镇的长堤上来回奔跑，在小院里举着自制哑铃练习力量，咬着牙和命运较劲。

她们开始谈论学校，谈论生活，谈论彼此为什么要做这样的人。

秋纪何问罗织为什么委屈自己也要交好所有人，罗织说像她们这样出身的人，如果想要往上爬，人脉就很重要，要抓住每一个能够抓住的机会。

她想要成为非常有权力的人，这样就不会有人看到她是狐狸精的女儿，而只能看到她罗织。

　　罗织也问秋纪何是不是看不起他们这种小镇里长大的人，秋纪何说不是的，家里出事之前她就知道接近自己的人都是为了她父亲的身份地位，而现在父亲入狱，要看不起恐怕也是别人看不起她，哪有她看不起别人的份呢。现在她能做的也只有努力提升自己。

　　"可就算是这样，你也想要成为英雄？"

　　"是将军，不是英雄，我从小就喜欢花木兰，想要成为像她那样的人。但有我父亲的事情，恐怕会很困难。"

　　"那么，将军，你长得这么好看，有没有想过去演戏。如果不能参军，做戏台上的将军也好啊。"

　　"原来还可以这样……现在我觉得你确实有些像美人了，还是苏妲己那种，三两句就能把皇上哄得'从此君王不早朝'。"

　　"哈哈哈……那我要演霸王别姬！"

　　只可惜夏天太短，时光太长。还有很多话她们都没有来得及问对方。比如秋纪何的母亲到底去了哪里，比如罗织不喜欢的同学渐渐被大家排挤究竟是因为什么。

　　暑假结束的前一天晚上，秋纪何同罗织告别。

　　她的母亲忽然回国，要带她离开这里。作为母亲，她到底还是放不下自己的亲生骨肉，想要给秋纪何更好的生活。

　　她们在火车站告别，临行前罗织给了秋纪何一个拥抱。

　　"将军，一定要成为你想做的将军啊。"

酒局结束时月亮已经高高挂在中天，夜风拂过树梢发出沙沙的声响。罗织站在饭店门口等候出租车的候车位，被风吹得轻轻打了个冷战。

她刚刚把吴琼送上车，喝得相当大的戏剧社社长说什么都不肯让罗织送，就要自己回家。罗织只好给吴家去了电话，请吴琼的家人去路边接应一下，一来二去耽误了时间，最后一辆出租也被别人拦下，只好在这里等待网约车。

一件带着体温的牛仔外套搭到了她肩上。

罗织回过头，看到秋纪何站在那儿，像一株沉默的古树。右侧袭来的灯光让她浓长的睫羽在挺拔的鼻梁处积蓄出一片湖泊般的影子。

"将军。"罗织笑得眼睛弯弯的，"没有生气吧，我把我们的故事讲给社长听了。"

秋纪何摇头，淡淡回答："没什么好生气的。不是只剩下我们三个你才开口吗，我家里的事你也没有提。你做事一定有你的理由。"

不在舞台上时秋纪何总是这样，表情和语气都淡淡的，仿佛万事万物都不挂心。罗织却一点都不在意，亲昵地挽住秋纪何的手臂，还把外套裹得更紧了些："社长这么喜欢你，下次肯定会给你安排将军的角色的，她会想看你发光的。"

秋纪何感受到手臂上另一个人的热量，罗织贴过来时晚风好像忽然没那么冷了："我不是为了给某个人看才演戏的。但是谢谢你。"

罗织眯起眼睛，从善如流地把头靠在秋纪何的肩头，她们的身高差让这样的姿势正合适。一阵海盐的香气钻入她鼻端，源头似乎是秋纪何浓密笔直的一头黑发。

"还是以前那个臭脾气，大学了也没有改，恐怕你连班级里到底有多少人都不知道，不相熟同学的脸和名字都对不上。"她细声细气地数落自己的好友，"难怪我都不知道你在这个学校。"

秋纪何沉默了一会儿，很难得地解释道："我也不知道你在。"

罗织是潜台词的高手，当然能够听懂这句话，就是说如果秋纪何知道就会去找她，心头那点微微泛酸的气儿立刻平了下去。

她陪吴琼喝得也不少，情绪一泄，酒精立刻浮到了脸上，两颊泛起粉红的桃花，脑子也跟着糊涂起来，开始胡言乱语："你是不是记得我说的那句话。"

"哪句？"秋纪何稍感困惑。

"如果不能参军，做戏台上的将军也好啊。"

"记得。"秋纪何略微低下头，看到罗织因为酒精格外明亮的眼睛，"如果没有你这句话，我可能一辈子都想不到自己能演戏，只会和参军这件事死磕吧。"

罗织不无得意地哼了一声，还偏要把话反着说："将军自然是看不起我们这样的戏子的。"

她说话声音总是温柔的，让人听了很容易接受，而在秋纪何面前这种温柔反而呈现为某种不带恶意的阴阳怪气，偏偏你知道她是故意要招惹你，又无法真的生气。

"演员就是演员，不要用那种自轻自贱的说法。"秋纪何郑重回答，"你不是戏子，是剧社十分出色的演员和最优秀的编剧。是……"她停顿了一会，似乎有些懊恼于接下来会出口的过于矫情的表达，"将军身边的美人。"

罗织闷闷地笑出来，难得闭上了那张巧言令色的嘴，安静地靠在秋纪何的肩头。

好吧，她承认自己那个时候有一点嫉妒秋纪何，但现在已经不会了。因为即使心理再强大，一个人不管不顾地一直往前走也是很累的，如果有能够暂时停泊的港口、临时歇脚的小屋，那不是很好吗？

夜色中红彤彤的"空车"灯由远及近，网约出租车悄无声息地停在她们面前。两人一同坐上后座，城市夜景便被飞速抛在车后。

罗织单手撑着脸，目光停在前排的后视镜上，纤细的手指绕住秋纪何垂落的长发，突然生出时光飞逝之感。初中的秋纪何头发很短，现在却蓄得这样长，密密匝匝的，甚至让人感到沉重，就像这个人的心事。

她忽然想离秋纪何再近一些，比初中的时候更近一些，于是开口问道："怎么大二才入社？"

秋纪何堪称有问必答："大一刚回国，需要适应一下节奏。而且我听说最近有位导演要在首都的各所学校进行海选试镜，有机会能提前熟悉一下舞台是好事。"

"舞台上的表演和镜头下的表演完全是两回事。"这方面罗织足够专业，一种不好的预感油然而生，她摇下车窗，用力呼吸一口车外冰冷的空气，"你说的那个海选，不会是那部林临要出演的电影吧？"

以罗织对业内情报的敏锐度和吴琼对林临的喜爱程度，自然早就知道相关信息，秋纪何一提，罗织就能够联想到相关内容。

据说这部名为《将军令》的古装电影剧本是林临近三年来最满意的剧本，主角自然是她。但其中有个重要的配角，说是以花木兰为原型也不为过，和林临有极多的对手戏。吴琼早就通过她父亲的关系拿到了初版剧本埋头苦练，并且就剧本内容进行了多重解构，保证到时候无论剧本或人物设定怎么改，她都能够有出色的表现。

如此充分的准备下，吴琼对以演技征服导演有十足的信心，让外形不够合适的问题变得无足轻重，堪称对这个角色势在必得。

这件事与罗织没有过于直接的利害关系，她不喜欢暴露在镜头下，只要辅佐好吴琼完成海选，讨到对方的欢心，以她的成绩和能力，保研名额一定非她莫属。

所以秋纪何想要的千万不要是这部电影、这个角色。

罗织转头盯紧了秋纪何的嘴唇，希望听到否定的回答，可那两片淡粉色的柔软薄唇上下开合，最终还是吐出了她最不想听到的那个字。

"对。"

一阵极猛烈的风从车窗钻入，罗织的酒忽然醒了。

一个月时间匆匆而过，水木剧社春季招新留下的人不多，只有五位，其中最耀眼的自然是入社测试就在舞台上大出风头的秋纪何。时间久了，大家自然也都逐渐熟悉彼此的性情，剧社成员们发现秋纪何实在是个性情有些冷淡，而且说话很容易让人无言以对的家伙，能够和她顺畅交流的只有社长和副社长。

副社长一向善于沟通，大家也不奇怪，奇怪的就是社长对秋纪何的态度。谁也没见过吴琼这样纵容别人"踩"在自己头上，她允许秋纪何在她出演的剧目里担任主角，也允许秋纪何对她不假辞色。

对此，在两个人之间竭力周全，对一切心知肚明的罗织只有一句话想说：粉丝对和自己喜欢的人相似的人总是会多几分耐心和宽容的。

而也就在春花谢尽，男生女生们都换上夏装的这一天，达摩克利斯之剑终于从她头顶落了下来——《将军令》的导演来到首都大学，为电影挑选演员。

罗织一向多思多虑，为此提前准备了很久。从秋纪何入社开始她就着手准备每年招新惯有的反串戏剧公演，力排众议，没有选择任何一位老人，而是敲定新人秋纪何做主角。好在秋纪何的表现足够亮眼，吴琼也十分支持，排练顺利进行下来。

唯独一件事让大家觉得奇怪，就是社里迟迟没定下公演日期。

罗织是故意的。

现在，只要把公演定在海选那天，秋纪何就无法出现在选角现场。而只要秋纪何没有出现，以吴琼的戏感和背景多半不会有问题，或者即使有问题，罗织只要安抚好吴大小姐的情绪就好，起码不会出现她最不希望出现的场面。

毕竟她那么了解秋纪何。秋纪何看似冷漠，其实内心很柔软，答应了就一定会做到，绝对不会抛弃剧社成员不参加公演，只顾自己去选角。

这就是罗织对于自己之外的他人付出的极限，是她已然最真的真心。

事情也的确按照罗织的想法顺利发展。海选的晚上吴琼独自前往用于试镜的综合楼报告厅，水木剧社则在综合楼外的小广场支起了舞台，即将出演集体反串的舞台剧《霸王别姬》。

这出《霸王别姬》自然不是那部极为出名的香港电影，而是自垓下之围讲到项羽自刎的一出戏剧。秋纪何反串西楚霸王项羽，和她演对手戏的虞姬本来是位经验丰富、个头稍矮的男生，却在公演前三天伤了胳膊，无法上台。

最后被赶鸭子上架的还是罗织，这时候也顾不得反串不反串了。毕竟作为这部舞台剧实际上的导演，她熟悉每个人的台词和情节，再换别人实在赶不及。

如果换了别人，穿着虞姬的戏服站上台时恐怕还会有点恍惚，可罗织不会。她是专业的编剧，会对观众负责，哪怕现在作为演员站在舞台上也一样。

何况秋纪何就在她身边。

身姿高挑的秋纪何今日着一身银甲，是道具组为主演量身定制的，越发衬得整个人十分英武。而这位英武的将军，绝世的军事家，名震天下的西楚霸王此时如此悲伤。见到罗织登上舞台，秋纪何举剑而弹，同时低声吟唱："力拔山兮气盖世，时不利兮骓不逝。骓不逝兮可奈何！虞兮虞兮奈若何！"

霸王是应当悲伤的，因为楚军被汉军围困在垓下，军营外的人们在歌唱楚地的歌谣，恐怕大多数楚人都要对汉军投降了。但他的悲伤不是为了如今的自己。时至今日，他早已做好了战死的准备，可他的爱马和爱妻究竟要何去何从呢？

霸王悲从中来，手中的剑蓦然落地，声音清脆。

而他挂念的女子款款走来，就像他们初次见面那样。她拾起他的剑，眼含热泪，起身舞剑。

"汉兵已略地，四方楚歌声。大王意气尽，贱妾何聊生？"

唱罢，虞姬横剑至颈边便要抹下，一旁却骤然响起人群的喧闹声，时空从秦末汉初拉回了现代。

综合楼中走出一众人来，是《将军令》的导演、光彩夺目的林临和维持秩序的保安。

吴琼就走在林临身旁，看来是如愿以偿。罗织第一次在她脸上看到那么幸福满足的神情，一时间竟在台上微微出神，横在颈间的剑便停顿了。

出神也没关系，现在几乎没有人在看她们的舞台，大家都伸长了脖子在看林临。

秋纪何却看都没看那边一眼，她的所有注意力都贡献给了舞台。见罗织有失误，秋纪何立刻上前一步，眼疾手快地探手揽住她的腰，掩住她没做好的动作，顺势直接跪在了地上。

罗织躺在她怀里，看到秋纪何亮如秋水的眼眸里都是自己的影子。这一刻她就是霸王，她注视着罗织，更是注视着属于霸王的虞姬。

多么可笑啊。霸王心中只有他的虞姬，扮演霸王的人却不知道就是眼前这个人葬送了她的试镜机会。

罗织的眼中突然有泪沁出来，一滴滴顺着眼角落在鬓发间，于是秋纪何低下头，十分专注地用手指抹去她流下的泪。

她的眼中仍然只有这场戏。

寥寥几个还在看戏的人完全无法从秋纪何身上移开目光，甚至忍不住捅捅身边的亲朋好友，让他们看看这位失去一切的霸王。

不远处，林临注视着几乎被忽视的舞台，注视着银甲的霸王和血染的虞美人，转头望向导演："我觉得这个角色的人选还可以再考虑一下。"

她举起手，保养得当的指甲长而美丽，准确地指向人群外舞台上的秋纪何。

"我觉得她更合适。"

06sh

水木剧社的反串公演结束，《将军令》剧组成员带着还穿着戏服的秋纪何回到了综合楼报告厅，人群呼啦啦地跟去了。

罗织没有去，因为吴琼也没有去。

他们这位社长尽管身材娇小，却一向有比大多数人强大的心灵。可这个时候她站在小广场上，像个被抢走最后一颗糖果只能跺脚的孩子，看起来有些可怜。她曾经多么欣赏秋纪何，现在恐怕就有多痛恨她。

　　罗织走到她身边，想要出言安慰，吴琼却忽然扬起脸，说道："低头。"

　　罗织照办了，吴琼便像抚摸小猫那样摸了摸罗织的头。那是一头细密柔软的头发，染着暗藏心机又不显眼的深棕色，和罗织的处世风格一样。

　　吴琼忽然很愉快地笑起来，神情天真又残忍，让罗织想起用手撕掉蝴蝶翅膀的小孩。

　　"我现在很讨厌秋纪何，你知道应该怎么做吧？"

　　"她……不是故意和你争的。"罗织辩解着，语言和脸色同样苍白，"而且她留在这里，也更方便你和林临女士接触。她……她可能不会被选上。"

　　"她有没有被选上都无所谓，我和林临接触又不需要一个秋纪何，以后我们还有很多机会。"吴琼的手顺着头发的垂度向下，轻轻地抚过罗织的脸侧。微丰微弹的触感取悦了吴琼，她轻轻掐住罗织的脸颊，像小孩摆弄玩具，"你可以选择，选择我或者她，我从来都允许你选择的，小织。"

　　是的，吴琼选择了她，却允许她选择。罗织闭上眼睛。

　　选择她是因为吴琼知道她们的关系，知道这件事她来做才能真正伤害到秋纪何，允许她选择是因为吴琼知道她到底会怎样选择——

罗织的人生规划那样清晰，清晰得容不下第二种选择。

错的是吴琼吗？她该怪吴琼吗？她不该，她不可以怪任何人，只是这样选择的她很自私而已。

"好的，社长。"罗织睁开眼睛，脸上还带着刚刚演戏时未干透的泪痕，声音轻得像被风吹散的过往，"秋纪何会主动退社。"

"以我喜欢的方式。"吴琼补充道。

明明已经入夏，风吹过来时穿着虞姬戏服的罗织还是感觉有些冷。

"好的。"罗织轻声回答，"以最难看的方式。"

《将军令》女二号定下人选的第二周，谣言四起。从潜规则到背景深厚，从秋家黑历史到传闻秋纪何对同学耍大牌，几乎一夜之间，秋纪何身上多了无数莫名的流言。

在进入这个圈子之前，立志想成为演员的秋纪何就认真了解过娱乐圈，对于这样的情况她也有所准备，面对人群的指指点点和打量的目光她也能够尽可能地平静处之。唯独水木戏剧社内的氛围让她感到格外不适。吴琼一改之前对她的纵容，处处针对起她来。

这一点秋纪何也能够理解，毕竟那天很多人都看到吴琼是随着剧组一起出来的，说秋纪何抢了她的角色也不为过。秋纪何认为自己堂堂正正、问心无愧，不代表对方同样能够接受。

她并不好欺负，知道什么时候该保护自己，怎样保护自己，只是有一件事她放心不下。

秋纪何觉得她应该提醒一下罗织，毕竟吴琼也知道罗织和她是好友的事。想到这一点后她便踏入艺术学院的宿舍楼，很快就站在了罗织宿舍门外。

吴琼的声音从罗织的宿舍里传出来。

"小织比我想得还要厉害啊，连她家里的黑历史都被你翻出来了呢。"

"既然要出演《将军令》，这种级别的黑历史迟早会被翻出来，我只是提前这么做了而已。"

秋纪何看着紧闭的门板，看着上面因学生出入而留下的浅浅痕迹，意欲敲门的手还没来得及抬起。据她所知，罗织和吴琼根本不在一个寝室。

"哈哈哈，那小织不会后悔吗？她可是你的好朋友。"

"既然社长觉得她很碍眼，我就不会后悔。"

"我就知道小织一直是我这边的人……哎呀，我饿了，想吃炸鸡柳！"

"我去买一份就好啦，不要着急。"

伴随着交流的结束，轻快的脚步声越走越近，秋纪何知道现在离开应该是更好的选择，但她站在那里没有动。

"吱呀"一声，宿舍门打开，罗织站到了她身前。原本还笑眯眯的女孩怔了片刻，反手关上了房门。

她们对视了一会儿，像两尊沉默的雕像。

"你知道了。"

"嗯。"秋纪何低低应了一声，"是你做的？"

"是我。"

"为什么？"

"你听到了。"

"我听到了什么？"

"因为你很碍眼。"

"没有其他原因。"

"没有。"

吴琼觉得秋纪何碍眼，这就是罗织把秋纪何赶出戏剧社的唯一原因。

那瞬间她的好友转头，看向宿舍楼走廊的窗。这么多年过去了，她第一次看到秋纪何面对问题的反应是逃避。

窗外电线杆之间牵扯出的电线将天空分割成长条形的数块，每一块都蓝得相同。

秋纪何和罗织的青春时代也常常看着小镇上的电线。罗织说电线好像铺开的五线谱，停留在电线上的鸟儿就是五线谱上的音符。

罗织还说，人生就是这样的，你永远不知道鸟儿会停留在电线的哪一处，所以永远都不知道接下来到底会落下什么音符。

不，你明明知道。秋纪何想。你知道这么做会发生什么，这是你的选择。

秋纪何知道，自己不会原谅罗织，也不会责备她。毕竟从相识起，她就知道罗织究竟是什么样的人，却仍然选择了和她同行这段路。

在那张温柔甜美的笑容面具之下，始终燃烧着勃勃的野心，童年时代的不甘催生了永无止境的权力欲望，让罗织能够不择手段地向上爬。

是相信罗织的秋纪何比较愚蠢，也是牺牲秋纪何的罗织比较悲哀。

只是可惜，从此以后她们或许还会再相遇、再见面，甚至多年以后能够相逢一笑，却无论如何都无法再称呼对方一声"将军"或"美人"。

其实秋纪何也几乎没有那样称呼过罗织。

这是最后一次机会了。秋纪何想着，重新向前踏了一步。

罗织却向后退了一步，后背直接撞在门上。她看到秋纪何凝滞的目光，仿佛冻结的星辰，再也不会对着大地上的人们眨眼。

秋纪何想做什么呢？罗织几乎没办法继续微笑。她问自己，秋纪何是不是还想拥抱她一下，就像她们那年告别。秋纪何是不是还想问些什么呢，比如你是真心的吗？你会难过吗？这可不是她自作多情，只是因为秋纪何就是这么奇怪的人嘛，就那么高高在上，仿佛从来生活在云端，从来没有跌进过泥土里，所以她一开始最讨厌她了。

秋纪何的手就停在她面前，悬在半空，骨肉匀停、修长美丽。她知道握上去的感觉，温暖干燥，能给人十足的安全感。

可她再也没有握上去凑近了嘻嘻赔笑的立场，无法装作这件事无关紧要，无法撒娇卖乖把伤痕悄无声息地粉饰过去，无法厚